斑纹

周晓枫／著

——兽皮上的地图

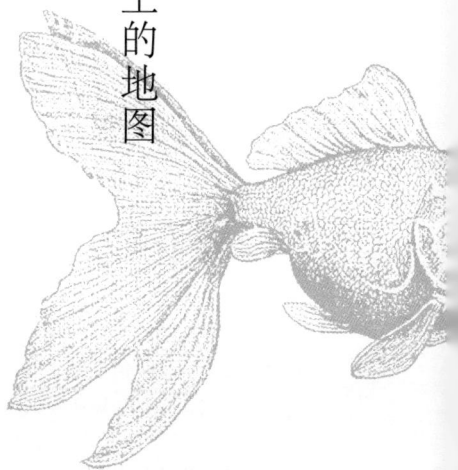

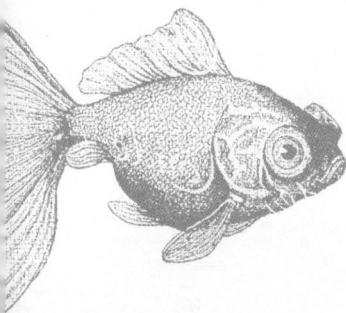

GUANGXI NORMAL UNIVERSITY PRESS

广西师范大学出版社

·桂林·

斑纹：兽皮上的地图

BANWEN: SHOUPI SHANG DE DITU

图书在版编目（CIP）数据

斑纹：兽皮上的地图 / 周晓枫著. —桂林：广西
师范大学出版社，2019.7
（极度文丛）
ISBN 978-7-5598-1837-9

Ⅰ. ①斑… Ⅱ. ①周… Ⅲ. ①散文集－中国－
当代 Ⅳ. ①I267

中国版本图书馆 CIP 数据核字（2019）第 099744 号

广西师范大学出版社出版发行
（广西桂林市五里店路 9 号　邮政编码：541004）
网址：http://www.bbtpress.com
出版人：张艺兵
全国新华书店经销
广西广大印务有限责任公司印刷
（桂林市临桂区秧塘工业园西城大道北侧广西师范大学出版社
集团有限公司创意产业园内　邮政编码：541199）
开本：889 mm × 1 194 mm　1/32
印张：7.5　　　字数：110 千字
2019 年 7 月第 1 版　　2019 年 7 月第 1 次印刷
印数：0 001~8 000 册　　定价：52.00 元

如发现印装质量问题，影响阅读，请与出版社发行部门联系调换。

丛林中的面孔（自序）

雨后，我弟弟兴奋地跑出了家门，等他满脸泥泞地回来，手里捧着收获：几个知了猴。这是男孩们普遍热衷的游戏：用手指和小铁铲挖开洞口；地下，一个正朝着洞口迈进的知了猴面对突然敞开的光亮犹疑地止住脚步，然后开始紧张地后退，但是，手指以更快的掘进速度阻挡了它。整个夏天，我不断看到蝉在纱窗上脱壳，嫩绿色的身体一次次惊心动魄地后仰，倒悬于又轻又薄半透明的蝉衣上。当揉搓成一团的潮湿翅膀被阳光和风熨得平整，蝉向高处爬去……奇怪，好像它们都清楚自己的命运，我从没见过弟弟捉回的任何一只蝉运用过翅膀在房间里盘旋。它们固定在纱窗的某个位置，遥望外面的树，直到几天后，渴死。没有谁察觉蝉是什么时候变得僵硬的，太低微的死根本触及不到悲喜，弟弟会有新的知了，我会看到另一只蝉表演脱壳时高难的体操动作。我很晚才从科普读物上知道蝉的悲剧，为了几个星期的歌唱与飞翔，它付出过数年黑暗而孤独的地下生活。童年的那些蝉，我们为了取乐加重指端压力迫使蝉的震动膜发出声音，除此之外，我们不曾倾听它们。在我们入睡的时候，蝉绝望地无声死去——它们没有迎来甚至是短得经不起回忆的幸福。

无知使孩子免于内心的自惩，随着成长，人们怀恋童年乐趣时容易忽视隐蔽其中的残忍。感谢生活和文学，把我从麻木中挽救。

那些片段，我会终生记取。从麻雀窝里掏出的雏鸟，紧闭眼睛大张着幼黄的喙，它们小得不懂警惕和怀疑，对仇人送到嘴边的粮食也报以信赖。在某个景区饭店，一个女服务员在活剥兔子皮，皮与肉骤然分离发出撕裂声——兔子的头颅无力地枕靠在石板上，它的前半身覆盖着柔软的浅灰皮毛，后半身已是裸现的肉身，深水晶的眼睛在剧痛中逐渐暗淡。这个服务员有出众的青春和美色，但我对她永怀不能原谅的敌意。大学时代我买了两只宠物金丝熊：瓜子和花生豆。我知道它们是善于生养的平凡鼠类——善于生养的不会被当作高级的，往往因为旺盛的繁殖力被贬为低贱，但我多爱它们鼻尖上不时抽搐的短胡须。后来花生豆由于取暖不足死在我手心，我记得它困难的缓慢喘息……花生豆没有留下自己的后代，它死的时候还是个小小童男。

书里那些妙趣横生的叙述，给我带来美好的阅读时光。儒勒·列那尔以这样任性的口气描写蜗牛："在感冒流行的季节，他总是深居简出。蜗牛缩起他那长颈鹿似的脖子，激动得像个圆鼓鼓的大鼻头。一到晴天，他常常漫步，不过他只会用舌头走路。"他还说蟑螂"漆黑的，扁扁的，像个锁洞"。驴子小银多么乖巧，希梅内斯写道："它像一个多情的少女那样把自己奉献给我。它从不抗议什么。我知道，我就是它的幸福。它甚至逃避其他的驴子和人。"我喜欢纳塔莉·安吉尔的《野兽之美》，这本书中译者李斯的贡献也不应忽略——有关动物的内容几乎是我唯一敢于接近并体验到阅读享受的科普类读物。

我不是聪明的海力布，无法破译出鸟儿的歌唱；就在那美妙的音阶中，让我开始微笑中的猜测。《斑纹》收集了我近年来以动物为主题的作品，这十篇或长或短的散文，动用了我心底的那部分温存。

嗜肉本性使人类中的大多数难以变成素食主义者，包括我自己。但仅从自私的角度出发，我们也会发现，对于动物，欣赏它们的歌声或动态常常远比侵犯它们的肉体更能带来愉悦。我想念散文作家苇岸，那个朴素的、执拗的、话语迟缓的高个子兄长，想起他温暖而高贵的抒写。我选择动物题材可能潜移默化地受到他的影响，他在最后的病床上曾给予我鼓励。2001年苇岸过世两年的祭日，我们再次来到他的书房。眺望窗外时，我意外地发现，在屋檐一角，在被苇岸形容为"像一只籽粒脱尽的向日葵盘或一顶农民的褪色草帽"的旧巢边，胡蜂出于强烈的感情惯性，筑建着一只新的蜂巢。愿苇岸得知这种想念。愿他从《斑纹》里得知我的问候和谢意。

感谢秦艾为本书提供插图。把美耐心地推广到最微小的细部，这些绘画使我相信，那些丛林中的面孔，像镶嵌在这个世界的宝石，携带着神精湛而秘密的工艺……静寂中，它们闪闪发光。

目录

种 粒

最小的水系在果实里流动，我把这个光亮的苹果举起来，就听到了声音，非常小的声音，类似于安静。在表皮之下，清甜的浆汁不断冲刷着果肉，每个细胞都慢慢膨胀，日渐充盈，这就是成长。我嗅了嗅，香气猛地冲出来。对于这种强烈气味的惊讶和迷醉，使我头脑里有点儿发昏，于是，我躺在了草地上，好像一枚刚刚幸福坠地的果实。偷偷闻了闻自己，味道却是青涩的。果园寂静的中午，黄澄澄的阳光照着，万物在温暖的睡意之中被镀上薄金。累累果实使枝条呈现微弯的弧度——它们正被自身重量所压迫，降低了应有的高度。

这是一处深藏的果园，而在几个月前，它只是一座绚烂的花园。杏花、桃花、苹果花……次第开放，金黄透明的蜂子仿佛自由逃跑的蕊，在花瓣故乡上流连。到处是那种带了酒味儿的沉甸甸的香气。蜻蜓无声盘旋，这夏日的精灵为谁舞蹈？我们把蜻蜓的翅膀撕去一半，这样它便飞不高，成了我们的"直

升飞机"——没有什么比无知更易于制造残酷。红腿或黄腿的
蚂蚱，有时从藏身的草丛间一跃而起，展示它们卓越的弹跳力。
而翅膀锃亮的蟋蟀，世间最小乐器的拥有者，将在夜晚登上主
角的位置。花园两面是高墙，剩下的两面用结刺的铁丝围拢，
在花园的东面铁丝网上有个不易察觉的缺口，这是孩子们的秘
密通道。我有两件衣服都是在钻铁丝网时被划出了口子，作为
曾经出入的证明。如果不被果园看守人发现，我们可以在这儿
度过无限美好的时光。仰面躺在草地上，草尖划过侧面的脸庞，
痒痒的，唯一让人乐于享受的甜蜜的伤害。被风吹得慌乱的碧
绿叶子在头顶沙沙作响，绿得像是液态。树叶的阴影在脸上抚
过，好像正在摸索的盲人的手指，清凉的，忧伤的，享有语言
表达能力的手指，在移动……它们的悲怆意味全在温柔里。闭
上眼睛，眼皮上依旧映着金红的暗影，这是光线在试图穿过我
眼睑上与生俱来的黑暗。慢慢地，就在眼睑窄小的底幕上，我
看到电影中的场面上演——金刚山的姑娘在丰收的朗晴里，圆
润的脸，细长的笑起来的眼睛，她们歌唱，天使一般，身体轻
盈地在明亮的树枝间旋转、穿梭。采摘下来的苹果也大得不可
思议，仿若天堂的作物。那熠熠闪光的果实，它象征幸福，属

于远方和未来。

　　曾在萼片之下酝酿的爱的秘密，我无从知晓。现在我看到了它，远比几何意义上的圆更富情感的柔润轮廓。多么奇妙的累积和变化，轻薄的梦一般的朵瓣，消失于丰美圆满的果形之中。花梗继续着承载的使命，这是奇怪的法则，沉重的东西注定要由纤弱的来背负。我知道，子房里还睡着它的孩子，那几粒黑亮的种粒就藏在苹果的深处，这是花蕊、媒粉以及浩荡的春天之所以存在的全部理由。甜美的果肉会被牙齿消灭，或在寂静中慢慢腐烂，这样，种子就会裸露出来，接触到土壤，开始生生不息的传递。为了赢得这样的机会，植物做出了非凡的努力，因为不是每一粒种子都享有复活的机会，它们不得不生产出大量的远远超出繁殖需要的数量以备拣选。像掷出骰子一样抛出自己的命运，每粒种子都要经历赌徒一般的生涯，而绝大多数的种子会彻底输掉。这类死亡太过普遍和频繁，因而让人无动于衷。无法判断神的习惯为什么他会选中这一个，忽略另一个，究竟存在何种等级差异？是不是其中的一些铭刻着不可目视的玄妙记号？要知道，这甚至不是一场公正的竞争，干瘪的谷粒获得了水分和营养，那个饱满的、丰富的胚乳却在无望的等待中迅速耗干。

传来一声鸟鸣，来自天上的异族部落，它歌唱的语言或是某种叹息，那偶尔漏露的内容——它要告诉我超乎想象的东西。我只听到反复的鸣啭，看不到它的身影，这只神秘降临的鸟就这样将别满阳光碎钻的翅翼藏在低矮的树丛之中。我努力辨认着，枝叶间众多暗色的斑点，它们都在复制一只鸟的轮廓，你无法区别出哪个才是真体，就像无法在人群中指认出上帝的使者。果实是不是这只鸟此行的目的？它继续着那个旋律，我耳熟能详。鸟吞咽下果实，种子也由此进入它的肠胃，并借助鸟的飞翔开始旅行，就像借助河流、风、迁徙的兽群……天上地下，这些勇敢的理想主义者，它们要尽量生活到远离父母荫护的地方。为此，种子甚至要裹在动物粪便里，通往光明的恰是这样一条肮脏、苦难、孤独与屈辱的道路，换言之，光明只不过是诸多负面因素累加起来后必然造成的小小的安慰性的结果。从中，我们可以捕捉到种子隐晦的技巧：看似鸟霸占了果实，但种子正是利用侵略者的贪婪实现自己的使命——这是一条循环的、至尊而公正的律令，强者欺侮弱者，弱者同样于欺侮中谋利。

　　众多暗色的斑点，它们都在复制一只鸟
的轮廓，你无法区别出哪个才是真体，就像
无法在人群中指认出上帝的使者。

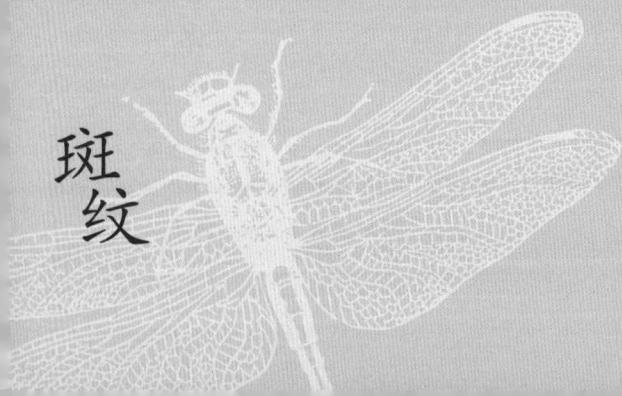

斑纹

钙，那是种子的骨质，被揉散在每粒细胞里——只有愤怒和仇恨才能解释种子喷薄而出的生命力。因为一粒种子的成功集中了它众多兄弟的死亡，它如此有力，以至于能掀翻石头，顶破死者的头盖骨。爱宽大而柔情，但弱于仇恨的坚强与持久。同时，我们还要惊异于种子滴水不漏的记忆，每一粒都一丝不苟地复述出祖先的形貌，从萌芽贯穿结籽的整个过程，除非环境的变迁，或生存的必需，否则，它们丝毫不会更改，可以想象，这种融入耐力的记忆所抵达的无限。有一次，我摊开的手掌中放置着几个豆粒，我仔细看了看，立刻被自己的观察迷住了：每颗豆粒深红的底色上都绘着乳白色大理石般的花纹，非常奢侈，那种冷静的华丽，足以让人沉默。我想其中一定藏纳着家族的密码和复杂又完美的程序，不然一粒种子不会如此庄严。我也曾参加过学校组织的"采集树种，支援荒区"活动。令我惊奇的是，许多高大树木的种子并不拥有相应比例的体积，甚至，比我们常见的地雷花的种子还要小，因而，我相信树种有格外的精密。掰开槐树鼓胀起来的荚果我看到幼嫩的籽粒，而它婆娑的高大树冠，交叠着层层羽状复叶，这只翡翠色的巨鸟就是从小巧的种子里孵化而出。我们把同类树种包成纸包，写上名称，寄往远方，寄往处女般不曾受孕的土地，这是我在儿童时期从事的最美的工作。轻轻摇晃纸包，里面"沙沙"作响，我从根部摇动整座森林。因为发明出种子，从此神对这个世界弃之不顾，种子是每一生物源头的、私属的神，开始创造，它善变那无中生有的戏法。种子以浓缩的方式背诵出整套家谱以使自己在繁殖过程中不辱使命。

　　还有一类种子，动物的，在开始我并未注意到，而它不断生成、发展，变化出不同的样式，通过后来的结果，我窥见它初日的庞大规模、强劲力量，还有，远见。土地上冒着丝丝寒气，喜鹊宽大的巢在秃秃的枝条间清晰地显露出来。握着玩具铁铲，浅浅的小塑料桶也随我们的步伐前后摆动，我们来到了目的地，公共厕所的灰墙上用白石灰刷着很大的"男"和"女"两个字。我在后墙根边蹲了下来，雄心勃勃地用小铲掘开坚硬的表土，我要利用这几天放学后的时间完成老师布置的任务指标：一百个蝇蛹。夏天的时候，对小学生的要求是每人打死二百只苍蝇。垃圾堆旁，到处是挥动蝇拍追逐苍蝇的孩子。很难在嗡嗡作响的蝇群中做出选择，但它们一停下来，我就瞄准了对象。"啪"的一声，一只苍蝇沾在我的蝇拍上，重重复眼不能抵挡劫难，泛着金属绿色荧光的尸体徐徐渗出了体液。我用针把死苍蝇扎起来，放到棕色的玻璃药瓶里，已经四十七只了。孩子们所做的一切据说是为了响应把北京建成"无蝇城"的号召，而我奇怪，为什么我们轮番的劳作仍不能使苍蝇灭绝。沤烂的菜叶、变臭的鸡蛋壳和来历不明的腐质散发出的气味搅在灼人的热浪里，幸福的苍蝇飞舞其间，什么也不能摧毁它们庞大的家族——苍蝇掌握制胜的法宝：惊人的繁殖力。一铲又一铲地挖着，终于，我看到了蛹粒。卵，蠕动的蛆虫；蛹，旋飞的苍蝇。清点着数目，把蛹装进塑料桶里，我介入并破坏了一个既定程序，学校操场上燃起的火焰将代替夏日成为它们的归宿。一粒蛹滞留在铲子上，我眯起眼睛，它很安静，微黄，米粒般大小，上面有环状的螺纹，怎么也看不出，这里面藏着透明的翅膀、圆鼓的复眼、令我们厌恶的嗜腥的生理习性。回溯一番，苍蝇似乎对人类的厌恶早有准备，如同对寒冷、鸟啄以及诸多恶劣因素的充分估计，它在春天排出大量的虫卵——侥幸的虫卵变成蛆虫，偷生的蛆虫变成蛹，而现在我很容易就找到了足够的蝇蛹，它们实在太多了；甚至还可以消灭得更多，仍不影响它们的子孙绵延的香火。

所谓少年的成熟往往意味对繁殖秘密的了解。事实上，我从未对此多加留意和怀疑——一直到十一岁，来自女友的启蒙仿若打击般到来。那也是在果园。

真真比我大几岁，她的脸上泛着刚刚成为少女的晕红，胸前也隐约地鼓起。她还接到过一张用左手写的"我想和你好"的匿名纸条。虽然真真态度坚决地把纸条交给老师处理，但私下里，她脸红心跳地猜测着是谁干的，悄悄告诉我她的分析，同时，眼光流转地投射在周围每一个可疑的男生身上。星期二下午我们不上课，我和真真在如丝如缕的秋阳里懒洋洋地走动，果实在枝头酝酿……我踮起脚，轻轻咬了一口——还没熟呢！果实光滑的表皮上留下我偷尝的牙痕，随着成长，齿印会消失吗？还是我偶然的兴趣就此毁坏它一生的完整？既然所有致命的影响，都起源于瞬间。一个苹果携带着牙印标记而与众不同，我无意中做了记号——后来我才明白，懵懂之中，自己以近于刻舟求剑的方式记录下一个重要时刻。这时，真真开口了："你知道孩子是从哪儿生出来的吗？"说话时她带着一种欲言又止的复杂表情。很长时间以来我都忽略对这个问题的探索，小时候偶尔问及"我从哪里来"，往往被父母编造的"你是从捡回的石头缝里蹦出来"的故事所说服。现在它再次出现，我隐隐意识到其中潜伏着重大秘密。真真显然从我迟疑的态度里明白了我在这方面的无知，她俯在我耳边，低语了几句。"你瞎说什么呀?！不可能！"我激烈反对，真真所说的有悖于我所认为的常识和有限的想象，这太可怕了，并且肮脏，我要为自己的清白辩护、抗争。真真撇撇嘴："哼，你爱信不信，反正我说的都是真的！"由于我对真真突然产生的奇怪的惊疑、尴尬、歧视、怨怼以及种种莫名之情，我们之间沉默下来。在果园角落，有一个解放军战士，他注意地看了我们一眼，更使空气中弥漫着某种紧张。想到自己的来历，我的脑子停滞了。果园逐渐沦陷在一种不安的绛色之中。天空中燃起炽烈的晚霞，一块一块的，美丽，又破碎，镀金天堂开始暴露它的斑驳之处。那个初次体会失眠的晚上，我看到许多流星——从此再也没有一个晚上我能看到那么那么多的流星，再次证实天堂是座工程粗糙的建筑，流星，那些没有钉牢的钉子，它们掉了下来。

　　洗澡堂蒸腾的水雾中，各种各样的女人呈现她们的裸体。少女纤长而无辜的杏色身体，她们心中或许已开始对异性的期待，孤单的、无望的期待，与肉体无涉，时刻准备牺牲，那不期待任何报偿与回答的期待干净得多么失真；苹果花一样的初恋，外表安宁，内心狂热，事实上，她们的嘴唇从未被异性碰触，宛若荒野的蓓蕾……无人知晓，那蓓蕾，是贴在整个春天之上最美的封条。年轻的妇人，肌肤透亮，流溢着丝绸般的微光，圆润的腰部曲线如同多汁的梨子，或提琴优美的凹陷，她们储备能量，等待一个幼小生命在此降临，她们将像培养一滴眼泪那样把他慢慢喂大。还有沧桑过后的中年女人，色斑、皱纹和赘肉侵蚀着曾经完美的身材，极少有女人能在这个年纪依旧保持丰采，而仅存的丰采也像果脯一样是脱水后过时的甜。当她们不再有能力孕育就如同取走子核的果实开始腐烂，时间，这条疯狂啮食的虫子，找到了令它满意的对象。老年女人的裸体让人触目惊心，无论何时看到都仿佛目睹了一场突然来临的灾难，废墟般零落的古老牙齿，松弛的皮肤上深深的褶印如同刀痕劈砍着，懈怠而无力的肌肉组织挂在疏松并易于折断的骨骼上，干瘪丑陋的扁长乳房垂向腹部，肚皮上由于生育留下了终生无法抹除的明显印记……这是一件废弃的器皿，浑浊的眼泪始终在她眼眶里含着。女人看似迥异的阶段，实际上被精密地设定并衔接在一起，酷似花，由盛而衰，而死，献出全部血肉，只为留下她的孩子。女人，就是人类所保持的种子方式；每一次生，都是女人从衰老、疼痛和死亡那里艰难赎回的。如果说人类繁衍是多股绳子拧成的缆索，那么，每个女人都以有限的一生去充当一根脆弱易断的纤维，承受整根绳索分摊在她身上的压力。我想起在妈妈的医院玩耍时见到的那个住在产科的病人，她表情格外肃穆，低垂眼帘，盯着自己从宽大的条纹病服里伸出来的白得透明的手指一语不发——她似在忍受巨大的创伤与哀痛。后来我才知道，她习惯性流产已经三次，这是她第四次怀孕，医生说，任何刺激都可能导致她再次失去孩子，甚至是笑。所以她自怀孕以后从未开心地笑过，她对所有愉快的事抱存高度警惕，只有平静，才能让她免于被伤害；多少个日子，她就这样在悲伤的边缘危机四伏地等待着。生育果真是愉悦的吗，如果计量并对比它所支付的代价？临产前夜，她终于被告知度过了危险期，第二天，孩子会以剖腹的方式安全地降生，她笑了，声音大极了，伴着汹涌泪水——这笑声因为凝聚太重的辛酸听起来怪异，以至于我被这叫喊般的恐怖笑声吓呆了。

浴室的水雾越来越重，只有女人们进出时推动木门的那会儿能透进一点儿新鲜空气，让人们彼此能看清一些。海鸥牌洗发膏，蜂花洗发精和护发素，檀香皂，灯塔牌棕黄色的长条肥皂——我闻到洗涤用品的气息混合在一起盖过女人不同的体味，她们就是这样被清贫又平静的日子取走简单的个人要求。为了节约自家水费，精明的林阿姨每次来洗澡必会带来一大盆脏衣服，她坐在窄小的木板凳上费力地在搓衣板上揉洗着；她所用的肥皂已经放了很长时间，非常坚硬，据说风干透了的肥皂用起来可以省一点儿。水汽和高温使她的脸红亮肿胀，她一边洗衣服，一边高声督促着女儿真真的洗澡速度。真真白皙的幼芽身体格外动人，我不敢想象，她有林阿姨一样平庸的未来。就在这时，我惊惶地看到了血，鲜艳的血，从真真的腿根流下来，细细的，流过了她的脚面。

那时候，我还没有被分成男女生不同的两拨儿分别带到黑暗的教室里去看有关生理卫生的幻灯片，很多问题对我来说，尚不能理解。我对自己充满疑问，难道，我和真真一样，也要经历那么可怕的事吗？女孩子是否天赋藏纳孩子的技巧？一个孩子从虚无到具体，医学的解释能力和科学的雄辩才华并不能概括全部。我所略知的东西足以让我敬畏，神明的智慧，一定是人力无法破译的智慧——直到现在，我依然对此保留孩童或信徒式的尊重，如果我们对某些诸如繁殖之类的高级机密有所获知，那是神愿意甚至是蓄谋透露出来的极为有限的内容，为的是让我们在更大的奇迹前震惊，如同隔着窄门望见童话中金碧辉煌的花园，如同通过宗教，试图探知神法力无边的旨意。

我没有见过任何动物的生育过程，包括我从小河里捞来的田螺，本来只有一只，几天不注意，它竟然在盛水的空罐头瓶里生出许多只小田螺，小极了，但是，微缩的螺壳与它们的母亲一模一样。这加重了我对生殖的好奇和叹服。可种子的奇异不仅只是延续、传承等我的简单认识，它竟然还隐藏着几近残酷的反抗力量。明白这一点时，已经十多年过去了——那个冬天我路过洗车场，一个工人正用喷出的高压水柱击碎路面的冰层——这场景暗喻真理。水，本是冰融解自己才形成的物质，现在正是它，在破坏冰面的完整。一根火柴烧毁整个森林，人们聚在一起侮骂上帝——这就是孩子的背叛。有时，这种反叛力量太过强大，强大到种子要以极端的反面形式出现。飞鸟是天空的种子。火焰是黑暗的种子。歌唱是沉默的种子。倾诉是秘密的种子。泪水是爱的种子。激情是仇恨的种子。血是历史的种子。永恒是死亡的种子。这一切，因为背叛，而背叛正是记忆的种子。当植物籽粒试图以最大可能远离母体时就已含蓄地表现过背叛意念，生命的等级越高，这种意念和力量也就越旺盛。有时，种子地位的确立，甚至要以对祖先墓碑的损毁程度为判断依据。母亲以生命做抵押，换回把她真正杀害并享用遗产的人。

果园围着铁丝网，象征繁殖的禁区不准孩子们随意进出。作为秘密的闯入者，我清晰记得萦绕在果园上方那种好闻的气息，那种甜的缓慢腐烂的味道——而种子，即将展开不动声色的阴谋。

斑 纹

I

著名的长腰，为了标明逶迤的长度。它省略四肢，只生出用以装饰的头与尾。这是最简约的设计，几乎躯体的每一部分都相仿。无论静止还是游动，斑纹加重了观察者的视觉混乱。密布全身的鳞片组成斑斓的图案，一条蛇，夸耀用心险恶的美。

II

我一直视蛇为最恐怖的形象，在动物园，我刻意绕行，远远避开两栖动物爬行馆的蛇头门徽。爬行馆落成的年月我曾进去过，玻璃幕墙围就一棵从底层通达顶层的树，上面盘踞着一条巨蟒，就像正在融雪的土地那样，黑黄的蛇皮上有着一摊一摊水渍样的斑块——从那一刻，映入眼帘的场景以噩梦的方式将我终生追随。听说过蟒穴深处发现人类头骨的传闻，我又在当月儿童文学刊物上读到一篇让人窒息的小说，讲述非洲穷苦人家的孩子很早被训练为捕蟒者，蟒有吞食尸体的习惯，于是孩子伪装成一具尸体躺在洞口诱引，当蟒蛇不经咀嚼刚刚把孩子完整地吞食进去，孩子用手中的利刃迅速剖开蛇身——当然这样做非常危险，如果伪装过程中稍稍动作，就会刺激蟒蛇过早合拢口腔，孩子因此丢掉性命。这天，村里最聪颖的男孩正用这种古老办法捕蟒，蟒已吞进孩子的脚、腿和腰部，这时一只蚂蚁爬进了男孩的鼻腔，男孩越来越痒，忍不住要打喷嚏……我是在课间休息的时候开始读这篇小说，上课铃声响起恰读到命悬一线的时刻，阅读产生的恐惧和寒意让我陷入恍惚，无法看懂黑板上的四则运算。

III

蟒虽然懒洋洋地垂挂在粗大的树枝上，但依然让我头皮发麻，想象它突然张开的深渊般的大嘴。凶狠的鳄鱼、长有足蹼的蛙类和各种各样储备毒液的蛇，使爬行馆遍布恐怖的灰影。我被游人拥挤到一个窗口前面，两条黑蛇沿玻璃不动声色地交叉攀升，我清晰地看见它们火苗般颤动的芯子，以及层层罗列的灰白腹环——那是我有生以来离蛇最近的时候，蛇体的阴凉几乎渗透到我的脸上，我吓得不顾工作人员的劝阻从入口跑出了爬行馆。细长的东西比圆实之物更觉恐怖，比如蛇，耗子灰溜溜、油腻腻的尾巴，绳索，沾满血迹的鞭子……

蛇在许多文学作品中充当寓言家，同时，它也是个生活中的几何爱好者：盘踞时螺旋上升的圆，沙漠中它的 S 形移动，草丛里的蛇像一条线那样笔直地滑入深处。眼睛只能感受明暗，除了很近的物体蛇不能辨别线条和轮廓，蛇从本质上认识到无所不在的斑驳——好像表面涂层已经剥落的破旧屋舍，蛇最能比较现实与天国不同。印度人把蛇训练为天才的舞蹈家，其实起舞与音乐无关，徐徐扭动腰肢只因蛇迷惑于笛子的运动——由于没有听觉，蛇把世界理解为绝对的寂静。

IV

　　与人类同步结束伊甸园幸福时光的受难者是蛇，只因说出一个真相，蛇失去了迷人的翅膀。灾难不止于此，没有四肢，没有声带，没有听力，没有良好的视力……从此，这终日与尘土为伍、因残疾而匍匐的先知，累积了对天堂的仇恨——蛇最感兴趣的食物是鸟，那些唯一能够来往天堂的飞翔使者。它伺机偷袭，洗劫巢穴，吞食幼鸟和蛋卵。因为没有四肢的阻碍，蛇反而可以深入别的动物无法涉足的领域；明亮的歌喉和绚美的羽毛，将消失于蛇像地狱那样狭长而腥臭的肠胃。

　　蛇的身体柔软而富于弹性，所以嘴几乎可以碰触到自己体表的任意部分，它可以慵懒地枕在自己波斯地毯般复杂的花纹上度过悠长的午后。蛇类终生生长，即使到了老年，也不因与死亡衔接而放弃努力。响尾蛇每次蜕皮时最后一个鳞片都不能脱落而加在末端，这些鳞环就是它的年轮、它慢慢聚敛的财富。鳞环叠合在一起，振动起来就像响板——这是一种罪恶的音乐，因为它常常是发出攻击的前奏；野外的旅行者高度警觉，他知道这种节奏出自一个可能比他更经风雨、只是增加经验而不减耗体力的老家伙。毒牙是空心的，就像一支快速注射的针头，毒液传送到齿尖，可以让一个大动物几分钟之内昏迷——不喜欢有失身份的搏斗，蛇从不过多支付体力上的代价。蛇的报复往往超出必要的限度，比如，一个人要为他不识趣的打扰付出昂贵代价，以余生的残疾补偿它受到破坏的几秒钟的宁静，甚至抵押生命。

匍匐在地，很容易被人们的平视习惯所忽略——蛇悄无声息地接近，而它的攻击目标毫无察觉。秘密的接近方式以及随后而来的缠绕，让人想起和阴谋、危险、罪恶有关的东西。很少有什么能逃脱蛇的算计，一条蝰蛇的出击时间只有二十五分之一秒，西方的枪手常被描述成"像眼镜蛇一样万无一失"。另外，蛇的许多习性都与我们对罪孽的设想相符，比如它的性爱。蛇的性交时间很长，雄蛇的交配器插入雌蛇体内，少则几小时，长则数天才脱离；蛇大多没有护卵或育幼习性，产卵之后竟自离去，它在洁白柔软的蛋卵里埋伏下充满怨毒的小小杀手。贪婪无度的性欲与淡漠的责任感，让人有理由推测蛇是一种热衷享乐而丧失亲情的动物——它是冷血的，注定与温暖的物质无关。

蛇诡异得令人恐惧，你根本不知道它的弱点在哪儿。世间最大的迷宫是沙漠；最小的，是蛇让人猜不出地址的冷酷的心。

V

更让人注意的是蛇蝎美女：妖娆的腰肢、蛊惑的欲望、骄傲到无动于衷的心，携带着致命的神秘感和破坏力——她的漫不经心掀动波澜，她的无所事事酝酿风暴，将我们安宁的生活程序一举摧毁。

为了更有效地传播，罪恶常常藏在美的内胆，就像甜蜜的果肉包裹着匕首那样尖、夜晚那样黑、坏人的头脑那样深陷在迂回沟壑里的核。什么最大限度地呼应潜在的欲念？端庄的美，带来的是生活的平衡、稳定，至多还有庸常的满足；而自由到野性、狂热到成瘾、放纵到邪恶的美才能引领我们抵达快感的巅峰，让我们幸福得缺氧，震撼之下感到虚弱。最鲜的肉质是河豚，最猛烈的毒液含在她淫乱的红唇里——凡俗之美只需加进半勺糖，令人迷醉的美至少要带点微量的毒，但那最美的，藏在月亮铜镜的背面，比邻死亡悬崖。在巨大诱惑面前，我们的警惕不足以维持冷静，反抗甚至让我们更快地向她靠拢——
她那起伏的亡国的腰肢，使王不能在王位上保持坐姿。啊，让
我们狂喜与绝望的东西已牢牢操纵在魔鬼的掌心。

　　蛇蝎美人的哲学是不会被写进教科书的。小羊被狼吃掉，
姑娘被魔鬼追逐，我们习惯了美被吞噬，毁灭几乎已成必然的
命运；但是，色彩鲜艳、图案绚丽的蛇却具有强大的杀伤力，
蛇改写美的悲剧，它给予我们另外的教育——美到极致，其实
可以选择两种出路：成为罪恶的粮食，或者，就成为罪恶本身。

VI

　　尽管喜欢二胡的如歌如泣，它仍是我不敢碰触的乐器，因
为琴筒两侧蒙着显眼的蟒皮——上面像蛇的视力那样明明暗暗
的斑块对我意味着禁忌，想象中的触摸已经带来指尖的异样。
我发现，斑纹起源于对一种简单图案的特别嗜好：或直或曲的
线条，大小不一的色块，或者，就是一个普通的圆点，不断的
复制构成惊人的繁复效果——重复，使图案与图案之间超越了
和的累加，而演变为乘法的关系。我在水族馆里看到蠫鱼，树

起的背刺和层层交叠的鳍叶使它有若非洲部落的酋长，蓑鲉身上有序地排布着斑点和条纹，像一张藏宝地图那样暗怀不为人知的玄机。对斑纹和斑点的收集乐趣使蓑鲉同其他鱼种显著地区别开来，加之它傲慢得极其懒散的泳姿，乍一看让我把它误认为植物。多数动物不像蓑鲉的兴趣那样折中，它们只选其一：要么斑纹，要么斑块，要么斑点。

VII

鲑鱼被剖开的新鲜的肉。螺壳丰富变化的色彩和花纹。瓢虫排布的圆点。鹰隼翅翼上深浅交替的羽色。为了使砖石模样的斑块修筑出更瞩目的效果，长颈鹿成为陆地上最高的动物。斑马的黑夜和白天。老虎生动的皮毛。豹子让人晕眩的圆斑。像火焰，像钱币，像玫瑰，像河流，像死神玄虚的印符……那些图案，始终受到造物的青睐，被无比耐心地绘制。

穿越阳光和树影交错的正午道路，我看到火焰和黑暗，大地是一只孤楚的散发情欲气味的雌虎。海，赤裸湛蓝的皮肤，银亮的波浪鳞片文满它的全身。凝视豹子浅琥珀色陷入虚妄的

为了使砖石模样的斑块修筑出更瞩目的
效果，长颈鹿成为陆地上最高的动物。

斑纹

眼睛，我不知究竟是豹子复制了满天星宿，还是星空中有一只蹲俯在天的巨兽；它的体形太过庞大，以至我们察觉不出它的喘息——就像中世纪某位主教说的那样，直线都是一个无限大的圆周的弧。

VIII

闪亮的睫毛和胡须，它趴在窗台上，茶黄与浅棕双色纹路交织的腹部放松地起伏——这只长相酷似老虎的狸猫饱食之后，生出恹恹的睡意。它是一只公猫，斑纹在猫身上甚至起到区分性别的作用：黑黄白三花的，一定是母猫。邻居家的这只猫聪颖，灵巧，善于审时度势。把尖利的指爪收进厚厚的肉垫里，走起路来一点声音也没有；如果它从高处意外跌落，会迅速调整身体方向，安全地四肢着陆。但是几个月前，它曾胆大妄为地蹿上院子里的核桃树，却被枝条的高度吓坏了，怯懦地"喵喵"叫了半个钟头也不敢轻易在树杈间移动一下位置。这幕情景使人联想起老虎学艺的故事：忘恩负义的老虎最后竟然要吃掉自己的师傅，多亏狡黠的猫富于先见之明保留着爬树本领，于是它站在树枝上得意地教训起下面的徒儿来—— 显然，这则寓言出自弱势者的臆造。毛色斑斓，有若耀眼黄金排布在矿脉，老虎一直是王权的象征，它根本不需要掌握诸如爬树这样慌张得已然失态的逃生手段。从容的、至尊的虎，旗帜披拂在身，独自徘徊在它密林中的宫殿，眼神是那种永远在午睡或陷入回忆的迷离与慵懒，因为缺少真正的对手，它感到由衷的倦意。即使大猫和小虎有着相似的毛色和蓄势待发时同样拱起的背部，它们依然有天壤之别。我看过一场苏联的马戏表演，少女驯兽员把美丽的头颈伸进血腥虎口，即使那些动物明星在刚才的指挥下一次次翻滚、站立，显然无比乖巧，这幕场景依然让观众紧张不已。我听到老虎被抑止在喉咙附近的吼叫，犬齿阴森，在火把映照下闪着匕首般的寒光。一种危险不动声色地潜伏着，在节日般的气氛里，在孩子的欢呼中。

　　大型肉食动物往往闲散而沉着，弱小的食草动物灵敏又胆怯，这是生存的必然要求。我们还会发现肉食者与素食者之间一个有趣的差别：素食者的眼睛长在头部的两侧，如兔、羊、鹿、牛；而肉食者的眼睛处于同一个平面，像狮、虎、狼、豹。其实生物学上的解释非常简单：一个为了视野开阔便于及早发现天敌并在奔逃时选取路线，一个为了聚焦瞄准猎物。一头鹿的衰老是幸福的，意味着无数次的成功脱逃，意味着无数次由另一头鹿作为替身去死——深水晶的柔顺的眼睛逐渐闭合，缀满梅花图案的工艺的身体被自己的鲜血浸透。当梅花鹿群走过，就像一座漂移的花园；而鹿群的远方，虎已步出月光下的营地，树影婆娑，岗峦低沉，它站住，凝眸星宿——那晚风中开放的天上花园。虎一般单独生活，而它所捕食的动物几乎都是群居，让人不禁质疑"团结就是力量"的概括是否同时失慎地揭示出个体的贫弱。面对迫近的死亡，鹿群之间既相互掩护又相互推托。世界旷大，它的栅栏由猎食者的目光围就。嗜血的胃总比啃草的牙享有更快和更愉快的消化。所谓素食主义者的自由，不过是肉食主义者暂不征用的几枚小钱。道德从来不能败坏后者的食欲，尊严也不曾给前者裸露的脖颈以适当的遮护。

IX

斑马与老虎的斑纹相近——逃亡者与捕猎者的谋划一致，

不知道谁抄袭着谁。这种现象在昆虫世界里更为普遍。昆虫身怀非凡的拟态本领，把生存环境以极其精湛的写实笔法复述出来，伪装成枯叶、竹节或花朵，甚至伪造上面的破损和虫斑。拟态的核心词汇是使自己"消失"。逃亡者希望借此避开天敌的视线，捕食者希望接近时不引起猎物的注意以提高命中率。两者之间有时也相互模仿，比如，无毒昆虫狐假虎威地模仿起有毒昆虫的黄黑斑纹，这是自然界中最危险的警戒符号——弱者的抵抗外强中干，必须模仿恶才能得以自卫。有限的谋略被双方分享，但输的必然是逃走的一方。猎手对猎物足够了解，后者却从来没有充分的估计，这种规律也和善恶较量相仿。我们容易忽略，善恶之间也在秘密地接壤，而且离这条交集地带最远的善将最早被消灭。也许，统治善恶两界的，是同一个王；因为弱者需要格外的保护，所以只要这个王是公正的，他就已经偏袒了强悍的一方。

X

精湛而完美的对称。作为挑剔的唯美主义者，蝴蝶只允许自己重复一次，如同一本只包含两页的书，却已经翻倍于人生。

蝴蝶是不是史前的拓片？让人猜测它的图案出自异邦石头上精美、自由、灿烂的刻画。它让人想起奇迹，想起深宫的爱情、枕于废墟的睡眠。细雨如雾，一只蝴蝶秘密到来，它穿着雨滴，穿着最小的水晶鞋，在花瓣上的停留短暂而轻柔，怀着随时告别的哀婉，像亡逝者通过回忆进行的抚慰。宛若一张小型的华丽地图，抑或来自天堂的请柬，蝴蝶将我们指引，肩膀停落蝴蝶的人将被允诺死后推开那扇圣洁的大门。蝴蝶过分的美让我们遗忘，让我们忽略娇小的舞娘身世凄凉——它的昨天丑陋卑贱，明天将落叶飘零，蝴蝶只有今天，只能挥霍正在熄灭中的彩焰。

冬天的一个夜晚，八点半。突然停电，眼前的一张面孔瞬间消失了。我旁边响起一阵摸索着翻找蜡烛的声音。房间的漆黑里渐渐升起一种极其细腻的雪天特有的低调的光亮。我离开椅子，走到窗前，脸上感到暖气管里上升的热气——银粉已经暗淡的暖气片，好像哮喘病人似的喉咙里呼噜噜地响着粗气。雪片真大啊。路灯下的雪围绕着隐约的橙黄色光晕。缓慢地，稳定地，疏疏朗朗地……雪下着，漫不经心，像无声坠落的星团——冬天，一只漂亮的大动物，在它光洁冰凉的肌肤上，排列着优美的雪斑。消除万物界限，渗透到瓦垄间不易到达的地方——雪，使一个脏着小脸的野外孩子洗净指缝。魔术毯覆盖之下，真相已经改变。荒秃的树枝被晶莹的六角形点缀着，如同一个穷人得到梦中美餐。屋檐高高低低，一扇扇窗陆续透出蜂蜡般的暖色，那是稳定下来的烛光慢慢注满整个房间。

一个做化学实验的酒精炉被一根火柴点亮，"嚓"的一声，在黑暗中隐匿了五分钟的那张脸再次返还。一小段棉丝浸泡在液体中脐带似的为燃烧提供力量，新生的火苗柔软、单薄、微微飘摇，像踮起足尖的小小芭蕾舞者。淡蓝的基座支撑火苗，我出神地望着灯苗顶部的桃形，它接近"死亡"时产生的暖意和光明。我对面是个二十多岁的小伙子，他不知道如何与这个寄存在他家写作业的小学生交往。想了一下，他说："我带你去看一样东西吧。"

XI

我们下楼，在昏黑、狭窄的楼道里左右躲闪。旧家具，纸箱，儿童竹车，碎了胆的暖水壶壳子，腌制雪里蕻和糖蒜的坛坛罐罐。摞在一起萎缩了体积的大白菜。地下室，引领的人在黑暗中把钥匙捅进更黑暗的孔道，精密起伏的金属齿边在内部摩擦、转动、咬合。粗大的锁扣有力地弹开，发出"咔嗒"的声响。"拿着。"他把充满寒气的沉重的铁锁放进我手里。

不知道他会出示什么秘密，我感到悬疑和恐慌，拇指使劲地按住锁上的金属字。谁，蹲伏幕后，戴着漆黑的面具？想象自己的脸越来越接近某物的鼻息，我不由自主拽住他的衣角。

点燃蜡烛……打开合拢的手臂，伸展弯下的腰肢，灯苗又开始在魔法中起舞。那天晚上，推开一扇地下的矮门，我得以进入一个只能由咒语送达的幻境。整个房间被细细研磨的暖调的光涂抹，像一只表皮柔软、内里多汁的橙黄的柿果，我站在光源的核里，看到四壁耀动烛火映射下的光斑。等我分辨出来，就被自己所看到的东西震慑住了：那是标本盒的玻面在反光，墙上竟然缀满蝴蝶标本！

流光溢彩的花纹和眼斑。光线低暗，使金碧辉煌的美在效果上被削减，但依然令人震惊。气温低于零摄氏度的冬夜，烛光里，地平线以下，在所有蝴蝶不会生存的地方——层层叠叠，集中着无数的蝴蝶。它们栩栩如生，好像冬眠的孩子随时会被唤醒。这些香气之上的精灵，与蛾子的一个重要区别在于停落时并拢翅膀，而蛾子是摊开的——蝴蝶从不炫耀自己的美色，除非出自飞翔的必须。现在，它们完全裸露翅膀上的精美工艺，正是因为，它们再也不会苏醒。观察蝴蝶需要它静止下来，并展开……它的美要求着、催促着它的死。

制作蝴蝶标本不像树叶那样可以直接夹进书本里，那样它会渗出体液，甚至最温柔的抚摸也会让它的翅粉脱落，破坏了品相——蝴蝶怀有洁癖，至死不能让人碰触。一枚大头针从背部垂直插入，穿透到腹面，蝴蝶胸腔的硬壳发出轻微的破裂声……就这样，然后无声无息，它永远被固定在展翅板沟槽的针孔上。

XII

在此之前，我不知道他是个狂热的蝴蝶爱好者。爱好者的级别，以制造并拥有多少蝴蝶的死为划分原则。运用一只更换数次纱袋的捕虫网，他营造出奢华的蝴蝶公墓，这座由美和死双重镶嵌的地下宝藏。然而，接近地面的天花板暴露了缺陷，上层下水道渗透出来隐约的茶黄色的芒硝印痕，与四壁的辉煌蝶翼形成触目的对比。

为了防止老鼠和蟑螂入侵，墙角撒着几堆红红黄黄的农药颗粒和粉末。但是，他没有办法对付简陋的难看的天花板。他多么想要一间开阔、明亮又干燥的贮藏室，不计其数的鳞翅目猎物各怀芳名、身披锦缎，美的能量喷薄而出。多么令人沉醉的奢迷，容量远远超出盛纳它的器皿，溢出杯口，被浪费着，又不断再生……并且，这间贮藏室有一个无与伦比的顶棚，最珍稀的数种蝶类正翩然展开它们飘逸的、尊贵的、绝代无匹的双翼。

一个人的妄想竟然逾越了人间的可能，抢夺上帝的社稷。大地苍茫，我们可以看到黄昏之后缓缓上升的黑暗高大的护墙，看到星宿放射钻石的辉芒——只有天堂，才敢配有一面无比华丽的天花板，覆盖众神的睡眠。

XIII

斑纹，对称设计。老虎，斑马。草地上黑白花斑的奶牛，酝酿哺育我们的乳汁；振动短小透明的翅，毒蜂随身佩带醒目的条纹和足以将我们致死的螫针。曼妙的文身在美女的背部，加强了她的妖娆和蛊惑；医院里的那个老人在被单下羞愧地颤抖，病变皮肤上布满令人生厌的疱疹，丑陋的肉体紧紧踩住灵魂的脚后跟，他能躲到哪里去？母亲骄傲，腹部的妊娠纹象征孕育和新生；遇害者脖颈上可疑的道道抓痕、身体上深浅不一的刀伤，组成罪孽的恐怖条痕——斑纹无处不在，将两极秘密地衔接，像族徽，凝聚着世袭的生和死、荣与辱。

甚至大地都是有斑纹的。翻耕的犁铧激起一行行土浪，上升到地表的土壤形成整齐而粗大的线条，这些斑纹，是即将受孕的标记。大大小小几何形的麦田将原野均匀分割，种粒的全部能量转化为田垄间破土而出的禾苗，它们将在秋天成熟，连绵不绝，设下朴素的宴席——握住镰柄的农民融入麦芒闪耀的金光里，积年劳作使他们的掌心磨砺出粗厚的老茧。镰刀的弧光闪过，庄稼留下短小尖利的根茬——这就是丰收，意味着麦子把茎秆交给刀锋，籽实交给牙。而冬天，大地光秃秃的，它深深隐藏起自己的斑纹，就像一个人贫穷时收藏起挚爱的梦想。空气中隐形的设计者用透明手指在窗户上描绘出童话般美丽的冰花，我呵气，融化一角冰凌，透过湿润的玻璃遥望那种辽阔的白。我知道，看似无痕的雪地上其实有着细碎的纹饰：禽鸟觅食的小爪痕，拱开冰雪寻找草根的羊和野兔的足印、野猪的蹄印，还有还乡人凹陷的很快又会被雪重新填满的脚步。河流冻结，主干和支系组成丰富的叶脉，覆盖在如一片深厚落叶的大地上。然后是等待。仿佛纱布下的伤痕随着痊愈而裸露，雪下，春天的斑纹将再次浮现，象征秩序，以及新的循环。

XIV

斑纹无处不在，就像我们有意修饰并损害的生活。烧裂的陶碗，瓷器上的冰纹，碾砣上"巛"形的石质花纹。蛋卵上的斑点，变质面包的菌斑，粒子的分布方式。我们甚至彼此并不知晓，在死之前，每个人如何终身隐秘地镌刻着各自记忆的斑纹，爱与悔恨的斑纹。

中学地理课本向我展示由外太空拍摄到的卫星图片：藏蓝的深渊里，地球孤独转动，布满褐色的古怪斑纹。这是人类偷偷僭越神的瞭望台，模拟神的视角——我们谓之的广大世界，不过是神铺在桌面的一张地图。独居天堂的上帝，一直不肯站在阳台打量人间，不知是出于心理的冷漠，还是生理的恐高症。

XV

因为距离的遥远，在神眼里，我们，不过是一些斑点。

马戏与杂技

赢

回过头，看见弟弟扁卷向下的嘴、闪烁隐隐泪光的眼睛和按扁在脏玻璃上的鼻头……我一直扭着身子看，直到他哀告无望的小脸消失在白茫茫的反光后面。爸爸骨节粗大的手搁在深灰色的握柄和不再闪光的金属闸上，左手背，有一粒瘊子。我把双肘俯在自行车前把上，抵着下巴……轮胎表面的花纹滚动，视线模糊起来，碾过的杨树叶发出脆响。我，无声地，笑了。

拳头攥着，还保持刚才的胜利姿态。当弟弟从脖梗后边直接伸出两根紧张的手指头，我在最后一刻改变主意，把原本摊开的掌面迅速收拢变成拳头，砸在他食指还涂着紫药水的"剪子"上。"我赢了！"我大声宣告。飞快拉开抽屉，取出苏联望远镜，上面的硬塑料外壳布满微微凸起的棕色颗粒——挂着它，我好像战场上的指挥官有了发布某种命令的权力，指着闹钟我催促："爸爸，快走吧，咱们别错过开演时间。"弟弟委屈、沮丧又忌妒地一个劲儿地啃着秃指甲，小声嘟囔："我本来是要出'布'的。"

老虎绚美的皮毛和睡意蒙眬的眼神，旁边站着动人的女郎——宣传图片和副券之间隔着一排齐整精密的齿孔。我好像听到副券被撕去时轻微、悦耳的断裂声。门票只有两张，我靠伎俩，赢得了唯一的孩子席位。

节日

马戏团，使节日的降临打破历法的规定。马戏团的一切都鲜艳夺目，美妙的布景，喧响的音乐，演员神气活现。碟子旋转，空竹抖动，钢丝因为演员地走动摇颤并出现下沉的弧度。马戏团的动物像从童话世界走出来的随时准备开口，马戏团的人有弹簧的脚、隐匿中的透明翅膀。成千上万的小孩子为此着迷，兴奋与紧张，使他们鼻尖冒出细薄的汗。

最热烈的观众是孩子，舞台上的演员主要也是孩子。杂技演员是一种从幼年时期就必须开始训练的职业，那时候，他们像辛格形容的那样，"长的是有弹性的骨头、液体的关节"。为了未来的柔软和轻盈，为了有力地托举起同伴，为了让物体听命于指挥轻快起舞……这些孩子提前开始了对肉体的折磨或锻造。

这个世界，有的孩子注定在舞台上翻转腾空，瞬间与大地上的一切都失去接触；有的注定欢笑，坐在父母呵护的臂弯里。也许对于两者，这都是隆重的节日——杂技闪射的魔力照耀了观众，也使小小的演员被拣选出来，远离低矮寒苦的村庄、睡眠里还在叹气的父母、空瓷碗里盛着的饥饿。

魔法

杂技演员穿着连体紧身衣，以保证动作不会受到额外的危险的束绊；但是魔术师不同，宽松大氅里藏着火焰、花束、飞鸟和鱼——他把纸牌洗得像拉开的手风琴，他挥动襟袍，带来变幻莫测的礼物。博尔赫斯曾说："什么是魔法？魔法乃是一种不同寻常的因果关系。"魔术，使孩子相信奇迹，使逐渐由理性建立起来的真实与梦幻之间的那道边界再次模糊，像线痕被橡皮轻轻擦去。

装进黑礼帽里的碎纸屑，眨眼之间成了小白兔；折叠一块绸巾，吹口气，它变成鸽子拍打着翅膀——互不相关的事物，经过魔术师的手瞬间建立了联系，像两个交织的喻体，组成漂亮的修辞。在孩子眼里，魔术师是令人迷醉的偶像，他想要什么就有什么，拥有绝对权力。其实，所有在他手中盛开的东西都经过事先的精心埋伏——魔术师的神秘不在于创造，而在于隐蔽。

魔术师的职业是模仿神迹，他的表演可能暗示了对上帝的反抗。因为任何魔术都是视觉欺骗的结果，这不由得引人怀疑，我们颂赞的神，是否同样，运用某种欺骗手段来酿造自己的无边法力？

模仿

嘭，嘭，嘭……驯兽员拍打了几下，然后把篮球递给狗熊。盛装出场的狗熊其实穿的不过是条围裙。它胸有成竹，准确地

装进黑礼帽里的碎纸屑，眨眼之间成了
小白兔。

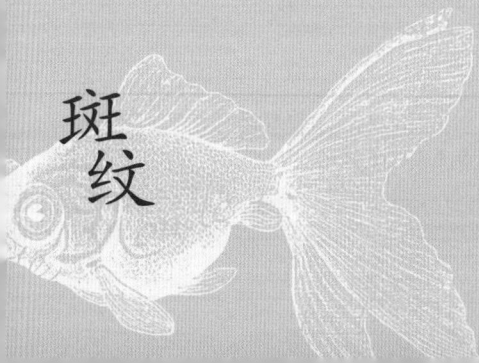

斑纹

把球投进篮筐。不仅如此，这只聪明的狗熊还会做体操，跳舞，骑自行车——笨重身体并不妨碍它在及时转弯时重心微妙地偏斜。

马戏团里集中着大量的动物天才。本性谨慎胆小的山羊，现在熟练地把分瓣的高跟的蹄子落在细细钢丝上，它中空、后弯的角上，像女孩的冲天辫系着红绸带。小狗排队亮相，摇摇摆摆，步子还不稳，穿着可爱的卷着边儿的小花裙——幼儿园的一群小朋友。它们同样开始了学前教育，现场观众可以提一个十以内的加减法问题，小狗以叫声的次数做出回答。虽然有一只成绩落后的小狗多叫了两声，在驯兽员的批评下迅速改正了错误，低垂着头走回座位的姿态说明了它的羞愧，但，其他小狗的回答全都准确无误。

人的表演更精彩。一个姑娘仅凭一根垂下来的绳子就攀升到高空，并在令人仰视的高度展示美丽的造型。她的身体越来越少地依靠绳子，进行不断的脱离。她的动作与飞有关——姑娘尽量减少与软绳的接触，只用它缠住手腕，似乎经过最后一次挣脱，她就会打开藏匿的翅膀。亮片缀满紧身衣，她金光闪闪，像个天使。还有空中飞人，在极高的天棚下进行表演，距离遥远，使我们看不清演员脸上的表情，高空的灿烂翻飞致幻出大堂的景象。

熊的篮球技艺，鹦鹉的语言天分，小狗的运算能力。走钢丝，空中飞人。动物模仿着人，人模仿着会飞、不死的天使。马戏团，使生活的质量得到整体的平均的提升。

危险

兽类模仿人，人模仿神。一方面，他们僭越了不属于自己的领地；另一方面，模仿里的游戏成分触及了更高的尊严——所以戏仿者都因冒犯而陷入危险。

狮子的勇气在钻火圈时更得以展现。年幼就开始的训练在皮毛上留过燎伤的印迹，但是它必须一次次起跳。前面是燃烧的烈火，后面是皮鞭和饥饿的追赶。

椅子坐落在高处——俏丽的女演员从踏板一端腾跃而起，经过几周空翻，要坐进那把椅子。墨绿色的座椅像萼片托举，她是秋天的花枝，美在危险里。我听过一个故事，说地方杂技团曾有一个屡获大奖的优秀女演员，彩排时发挥失常，又因为没有得到同伴有效的救助,她偏离了计划中的落点,摔了下来。有人说,她经过两天的抢救,还是死了。另一个流传的版本这样结尾:她再也没有上过舞台,有着金色流苏的表演服压在箱底,被蠹虫和霉斑光顾;早餐铺滚滚向上的油烟和柴灰中,她用烫了泡的手揉着熏得难受的眼睛。她成了全城最漂亮的跛子,但美貌无助于她把未来的路走得平稳。

有一对夫妻都在杂技团工作,是空中飞人搭档。爱情,就是在飞翔与迎接中到来的。许多年前的一天,这两个年轻的孩子演出时空中相握的手回到地面也没有分开。他们的脸微微羞红,看来彼此的手只有继续牵拉才能带给他们安全和幸福。因为遗传,加上年纪的原因,女人的腰身不再纤巧,依然瘦弱的丈夫不得不咬紧牙并绷紧臂上的肌肉,一次又一次,从高空的抛物线上营救自己已然发福的妻子。否则,从演出效果上他将失败,从生活实际看她将失业。丈夫努力地做动作同时做出微笑,他知道观众看不清他的微笑,但他知道,同伴看得清——他用微笑告诉他们,他和他妻子能完成这个难度,并且轻松。

头顶几个大碗,那个老艺人沿对角线从屋子的这头走到那头,手上转动的厚重手帕不时飞上天,又神奇地落回到手指。

他老了，腿脚不再灵巧，早年的盛名除了阴雨天发作的旧伤、逗弄孙子时运用的一两个雕虫小技以外，没有存留任何痕迹。这些杂耍曾经给孙子带来巨大乐趣，如今他却因熟悉再也调动不起兴趣。一个寒冬的下午，阳光稀薄地停在后院，像寡淡的粥……孙子的眼睛突然亮了，指着泛黄照片上的爷爷，要求他走上土质疏松的院墙。孙子不知道，时间永远剥夺了爷爷的辉煌——现在他只是个笨拙的无用的老头，不能再拿起走钢绳时用以控制平衡的竹竿，以后他拿起的，将是拐杖。但孙子坚持着，老艺人把几乎带有一点求饶的眼光从哭闹的孩子那里收回来，望着那面土墙……低矮的茅草被风吹动，在墙上留下鞭子样的投影。

困境

独轮车上的顶碗少年无能为力：勺柄沿着碗边旋转了两圈，掉在了地上……已经是第六次失败了。如果动作失败，就必须重复到成功为止，这是杂技表演的规矩。音乐一次次制造高潮，观众一次次翘首期盼，但这一切不过是嘲讽地为他的挫折标注了重音。少年的耻辱被重复，被那么多观众的视线放大。这个无比拖沓的败笔让人渐渐失去观赏的耐心。在这个过程中，少年的自信也彻底被击垮了，当第七次试图把汤匙踢进叠摞的碗里时，他作弊了，勺子刚刚飞升到碗沿上方，他甚至没有等待结果就用手飞快地把勺子按进碗里。然后少年仓促谢幕，骑着独轮车，在一如既往的掌声中离去。一个小手脚，他的行为既解救了自己，也解救了观众。

杂技找寻并标明了某种界限。在可能与不可能之间，演员展现的是那个最后的点，比如他轮流扔出九个酒瓶并接住，而不是十个。技术娴熟，滴水不漏，看起来他的能力绰绰有余，对付十个、十二个乃至更多也不成问题，但是，这是聪明的止步。就是让观众认为他还有潜力，还有延续和发展的可能，其实越过这个点，人们看到的是无能而不是非凡。失利的顶碗少年，他判断错误，他还不具备让银亮的汤匙顺利落入碗底的能力——那个秘密的平衡点的移动，使他的工程塌陷，剩下狼狈和无奈。像无意间的扯动，华丽的幕布掉下来，人们看到了堆放在后台杂乱而积尘的道具。所有的神话，都不复存在。

缩骨术

每个孩子都曾陷入对神话的迷惑。入睡之前，我用额头抵住墙壁，幻想肉体正在咒语的作用下融化，我就可以破壁穿墙，走进陌生的房间，了解锁孔之后的秘密。连续一个星期，清晨，妈妈总发现还在睡梦中的我脑门上有一片隐约的白灰印儿，她不知道，它来自崂山道士的启发。

在穿墙术的轻灵神话与腿上因为磕碰而淤青的笨重现实之间，是缩骨术的位置。它通常由孩子完成。杂技团里，他年龄最小，光头，只在脑瓜上留一绺像婴儿胎毛的头发。虽然他的身材矮小，但对比之下，涂着鲜亮红油漆的木桶，体积更是小得不可思议。他把自己装进去，又慢慢退出来——他像液体一样可以被承纳在随意的器皿里。

我的同桌对此深为折服，这个热衷武术和游泳的小男孩，想起缩骨术的时候总是不自觉地嗑紧两腮，好像这是艰苦训练、自学成材的第一步。因为上课迟到他选择了偏僻的学校后门以逃避大门口老师的记名批评。他原本可以像平常那样翻过后门，但这次，他改变了主意，试图从有些变形的铁栅间钻过去。他吸紧肚皮，像平常那样嗷紧腮帮，开始检验自己的功力。经过努力他成功了一半，身体的一部分进入了校园——当然还不如彻底失败，因为他被卡在中间，无法挪动。教室里传来琅琅的读书声，远远地听见操场上体育课的哨子响，活动在校办工厂的野猫幸灾乐祸地看着他，然后，就开始慢条斯理地用舔湿的脚掌洗脸……这个进退两难的男孩哭了起来，他好像明白，有些事情只有成年才能经历，还有一些事情，比如缩骨术，如果童年没有抵达就越来越丧失可能，它像所有时间不会弥补给你而只是从你这里剥夺的东西。

软功

我们买了一大块米花糖，一人一半。表姐九岁，只比我早生几个月。我们边走边吃，然后，就看到当街表演的她。

她看起来跟我们同龄，头发又薄又软，发黄。没有大人陪在旁边，她孤零零地，两手撑在场地中央一张窄小的桌子上，尽力弯折身体。她的头搁在两脚之间，肘部压着脚面，嘴里咬着一支陈旧的塑料花儿。当本来就稀疏的几个观众准备离去，她从咬着花儿的牙齿缝隙间吐字不清地说："别走啊，您不给钱没关系，就站这儿看看吧。"

由于她的恳求，表姐和我只好坚持站在原地看她那样难受地折叠着。这种古怪的违背常规的身体姿态破坏了习惯和美感，让我别扭。也许表演者还不如观众难受。我见过京剧团唱武生的孩子们练功，一个孩子在两个帮他压腿的大人之间放声哭泣——但这是必要的，他通过对疼痛的忍耐，从而降低疼痛作用在肉体上的强度，最终摆脱疼痛的束缚。

我不知道这个叼花的小姑娘是不是难受。反正我们什么都不能给她，口袋里的硬币已经变为掰成两半、啃得乱七八糟的米花糖，被我们的牙齿咀嚼时发出很大的声响。

磁力

到底是什么，让我们欢呼，叫喊，眼睛和嘴巴因为惊讶或陶醉改变了形状？

火把映照里，驯兽姑娘穿着横条衣服，看起来像个美丽的囚犯。她把柔弱的头颈伸进虎口……我紧张得一动不动，生怕我们浊重的呼吸会刺激老虎发脾气。美女与野兽，为我们制造打破现实逻辑的惊愕。她把自己当作食物一样喂送到猛虎和死神的嘴边，又享受脱逃的侥幸和戏弄的快感。

飞刀手蒙上眼睛，寒光闪闪的匕首握在手里，一阵急促的鼓声停下来，他就要出手了。对面，是一个捆绑在靶子上的人，他睁着眼睛，面对呼啸而来的刀锋——这个人，像基督耶稣在马戏团里的世俗翻版。

最激动人心的是演员与危险的贴近、与灾祸的擦肩而过。观看马戏和杂技时人们享受道德的豁免权，无论多么善良的观众也需要最惊险刺激的效果。也就是说，我们鼓励杂技演员靠近危险和灾难——他们靠得越近，我们越喝彩。我们观看的，是一种心照不宣的间距。

我突然发现了马戏与杂技最核心的魅力，那是参与其中的死亡威胁。是的，一个坚硬的核，在高难动作、响亮音乐以及明暗交替的灯光的重重的甜美的包裹之中。核的两端，带着尖刺，我们习惯并愿意把其中的一根刺叫作勇气，另一根叫作非凡——这是化名，分别对应另外两个不便启口的词：死和荒谬。

小丑

　　彩条衫，肥大的裤腿和圆顶帽。幕间过场，小丑撩开缀满星星的丝绒幕布，兴高采烈地出现在追光灯下。

　　经过化妆，小丑的脸就像柔软的与皮肤融合的一张面具，如果小心地从发际线那里动手，似乎就可以掀下他奇形怪状的五官。鼻头红亮，在哑剧中不开口却被油彩夸大的嘴，阴影浓重的眼睛下是两线永远悬挂的泪痕。这道经典泪痕出现得如此突兀，与小丑身份不符，它仿佛在暗示，活蹦乱跳的小丑其实正以一种极其缓慢的我们难以觉察的速度分泌着痛苦。或者，这种设计正是出于角色需要。小丑有一种放大功能，他的表情、动作，他的欢乐，还有失败，都以夸张的尺度呈现出来——泪痕，象征剧烈挫折的线条，被描画在面颊。

　　有时是一个单独的小丑制造出盛大的集体欢乐，有时两个一起上场：一个追逐着另一个。两名演员被分派了不同任务。一个小丑不停胡闹，发出噪声，破坏道具，妨碍他人，做着被禁忌的游戏；另一个忙于劝说和制止，却遭到无情的嘲弄和报复。惹是生非的受到爱戴，遵守纪律的让人生厌。捣乱的小丑，孩子般保持着淘气、任性和本能的放纵，对秩序进行了抵抗和破坏。他身上最大的魅力在于自由——自由，这个词是所有幸福的秘密心脏。

小丑们相互踢打、下绊，被棒子击中脑袋，被倾盆凉水泼中，他们直扑或后仰地摔倒在地，然后又若无其事地拍拍灰土站起来，继续热闹的表演——他们之所以成为喜剧英雄，是因为怀有瓦解悲剧的力量。小丑的放肆让观众开心，但是让观众更开心的是他们的倒霉，这推导出一个尴尬结论：这个世界上，一部分人的灾难正为另一部分人创造利益。

小丑只是扑克里的王。我不愿想象这些在舞台上快活不羁的人，这些为所欲为的人、结束时大笑或大哭追打着回到幕布之后的人，如何对着镜子，洗去浓重的妆颜。没有比卸妆后一张因缺乏睡眠而疲惫憔悴的平庸面孔更揭露真相。

在一些好莱坞电影中，小丑被处理成撒旦的使徒，比如尼科尔森在《蝙蝠侠》里的著名扮相。也许，小丑的极端倾向，使绝对的恶也找到了适合的肉身？还看过半部电影，我错过了片头和情节的重要铺垫，只记得有一个穿得像死神的小丑，总是在路灯熄灭以后，浮现他显灵的惨白的脸。我感到恐惧，不仅因为影片酝酿的谋杀氛围，更因为他在黑暗中步履如飞，并带着嘲讽的轻快的恶意，将我诱引。

小丑是一种形式简化明朗、内容又复杂丰富的角色。在《非此即彼》的寓言中，克尔凯郭尔认为小丑能够最生动体现出预警者的遭遇："一场大火在某剧院的后台突发。一个小丑跑出来通知公众。众人认为那只是一个笑话并鼓掌喝彩。小丑重复了他的警报，他们却喧哗得更加热闹。因此我认定世界末日将在所有聪明人的一致欢呼之中到来：他们相信那不过是一个玩笑。"

身世

医生、老师、司机、记者、工人、厨师、理发员……从小到大我接触到各种职业，但从来不认识一个在马戏团工作的人，这使我愈加猜测他们来历的神秘。

我愿意假想这些身怀绝技的人来自山重水复的远方，他们漂泊一生，居无定所，像波希米亚人跟随季节和心情随时卷起旅途的帐篷，带着简单行李和聪明伶俐、气味腥膻的动物。哪里都是异乡——因为长久流浪，甚至在故乡，他们也无法摆脱异乡人的身份。他们见过最残酷的春天，懂得藏身于纸牌里最微妙的暗示；他们受惑于危险的激情，品尝亡国的腰肢、毒艳的嘴唇和舌尖上的血；他们曾是疯狂的赌徒，把命放上摇摆不定的天平；他们怀有让自己也无能为力的美德和缺陷，护身符上是忠诚信仰的小小的神。

在这些陌生人身上添加想象，我忽略了他们的年龄、国籍、历史等等限定，我甚至美化苦难，把它当作他们魅力的重要组成部分。然而，真相如果不是比我们想象的残酷，就是比我们想象的平庸。我从来不愿意相信，本领非凡的人与我们一样需要面对种种琐碎无聊的烦恼。伞、木桌、坛坛罐罐在他们脚尖上飞转，但在真正的生活中，这些神奇的技巧毫无用武之地。

归途

深秋的凉意浸透了这个夜晚。路灯播撒着光晕，我们进入它的领地，然后它又像一只背后的手把我们推入前方的黑暗……直到下一盏路灯的拯救。一言不发，我和爸爸之间保持着默契的安静。空旷的马路上，我偶尔拨弄丢了上盖的车铃——丁零，丁零，丁零。

我还是坐在前梁上。上坡路，爸爸向前用力，他的肩胛骨一下一下撞在我的后脑勺上。我忽然情绪低落。这是平凡的爸爸，他不会飞，并且因自行车内胎充气不足或者气门芯的漏气而分外吃力地蹬踏时发出了粗重的喘息。我想起刚才的车技表演，一辆骑行的自行车上站了十几名少女，像孔雀打开灿烂的羽屏。她们轻盈得不可思议，像天使，被小鸟的翅膀负载。隐约的不满，几个小时观看的疲惫，心脏经常悬置产生的不适感，全都在这一刻浮现……这条归途，让我从欢乐过渡到悲凉。

虫子们

蚊子

四月奶油般浓厚的春日午后，我在睡眠中，却被一只早熟的蚊子拦住了美梦的去路。

我相信对于许多人，蚊子的嗡嗡声比雷声更易让人惊醒。在蚊子的认知里，所有人都是义务献血者，它在夜晚游荡，寻找可以降落的肉体。渺小的蚊子随意而擅自地叮人，是对庞大动物的意志与能力的嘲弄。

如果不以个头论，我把蚊子也归入夜行动物之列，黑暗中它是一针见血的刺客。人类相互订立盟约：在战争中不使用化学武器。可谁这样承诺过蚊子？！各种喷杀剂并肩作战，所到之处，蚊子遗尸无数。有一天我看到一只瘦弱的蚊子，在光滑的玻璃窗上，它吃力地迈动腿脚，就像坐着雪橇的人行走在冰面上——生活对它同样艰难。

然而我被饥饿的蚊了窥伺、盯梢，一旦稍有机会，它就冲锋过来。一夜过后，皮肤上赫然几个红肿的大包。蚊子总要蓄意留下记号，仿佛古代英雄手书下大字："杀人者某某"。仇恨使我在房间里四处搜查——这个高智商的家伙躲到哪儿去了？找了很长时间，才终于发现它的踪迹。我一掌拍将过去，雪白的墙面留下一个鲜红的血点，一个充满暴力的凶案就此告终。

有时候我想那伟大的上帝，那唯一的立法者与审判官，他所创造的食物链精密地囊括了万事万物，这中间是否也包括人，比如为蚊子孕妇提供微量的血？可人不是慷慨的花，肯把蜜献给蜂。人背叛上帝的安排，从食物链的环中跳出，站在俯瞰的塔尖；我们只喜欢享受权利，不愿承担义务；不被任何动物捕获，只是去任意猎杀其他动物——从大象鲸鱼，到蚊子蚂蚁。可离开科技，我们连一只蚊子都对付不了，对付不了这么一个小小的单枪匹马的复仇英雄，并且，它是女性。

尺蠖

早晨我上班的时候，看到槐树上垂下一只吊死鬼。我厌恶地绕道过去。想了一想，又走回去，它好像有种特别的气质吸引着我。它很小，有着浅绿的干净颜色。阳光里它垂下一条晶亮的细丝，我看到它左扭扭，右转转，把身体合拢又展开。它不停地弯曲身体，夸张地旋转，完全不像是出自生理需要，而是要表达难以自持的欢快。在这个光线充沛的早晨，它把秋千越荡越高，像个沉溺游戏中的孩子，它忘我地扭动极乐的身体……忽然，它不小心撞到一个美丽姑娘身上。"哎呀！讨厌！吊死鬼！"随着姑娘一声尖叫，这个热情洋溢的业余体操艺术家在这个世界消失了，地上只是多了一个不易察觉的很小的浅绿印记。

蟋蟀

夏夜一片天籁，蟋蟀组成配声和美的唱诗班。鸣响中呈现着某种金属音质，那细致而甜蜜的颤音，在空气中清澈地传播开。

蟋蟀的歌唱方式各不相同，即使两只蟋蟀距离很近，只要稍稍用心就可以将两者分辨出来。有的低缓从容，有的高亢急促。有的在数十声鸣叫后，才肯短暂地停歇下两三秒，然后再次开始它悠长的句式——美声中的男高音总是拼命拖腔来展示肺活量和实力，这在蟋蟀的天赋面前，却不堪一击。有的总在重复同样的长短和音高，似乎它特别醉心于这一两个调门，因此需要再三强调。也有的在基本旋律中加入许多即兴的变化——我曾记录过一只天才蟋蟀的作曲，它叫一声的时候我就记录下1，叫两声的时候我就记录下2，以此类推。最后我把数字的1、2、3，翻译成音符的1、2、3，轻轻哼着试唱，竟是一首非常动听的 a 小调夜曲，平缓的抒情中，不乏丰富而细腻的音符转折，听者动容。

诗人们总把蟋蟀形容为携带乐器的精灵，实际上，它的鸣叫来自翅膀的振动。诗意正在于此，多美啊，摩擦身体就会响起音乐。人类在表示认同或愉悦时，以两个手掌相碰，发出肉质的拍击之声——我想这在蟋蟀看来，肯定是一种粗鄙的举止。

蟋蟀成名的另一原因在于它的好斗。雄蟋蟀喜独居，一旦领地被他人侵犯，它立即震怒，与对方展开殊死啮斗，原本抒情的琴声，也倏然变成示威的战鼓。这位厘米勇士，不惜以生命的代价，来捍卫自己的孤独。

《开元天宝遗事》载，唐玄宗时宫中妃妾常以小金笼捉蟋蟀，夜晚放在枕边听其鸣声，大概以此慰解深宫寂寞。蟋蟀因具备音乐和格斗两方面的才能，而成为刚柔相济的昆虫。想想吧，哪个女人不曾梦想这般浪漫又勇敢的情人？湿润的月光照临，那些美丽而荒凉的面庞一侧，蟋蟀的歌唱彻夜不息，而她们内心隐晦的比喻无人知晓。

蟑螂

黑亮的大蟑螂蹲踞着，像一辆轻型的小坦克，有一种不可战胜的威严。我发现有一只蟑螂快要死了，它的身体后部有些变形，似乎被脚踩伤过，或是溺水所致。它无力地不时摆动一下细腿，两根触须也耷拉下来，不再像武生的翎子那般生动飞扬。看得出，它正在经受垂死前的身体剧痛。我拿来喷杀剂，助它速死，以减轻最后的折磨。喷射之后，它的腿反常地快速运动起来，似乎在用尽仅存的全部力气，把身体翻了过来。蟑螂仰躺在那里，慢慢把两条前腿收拢在胸前，终于，它一动不动了。

我一直在想，只有人是仰卧的，动物一般很少采取这种姿势。是因为仰卧是高级动物才独有的标志，虫兽没有进化到这一步呢，还是说这是个不雅的动作，动物羞于如此，只有死后才失范？比较合理的解释是，胸腹是个易受伤害和攻击的部位，集中着足以致命的器官，俯卧使它们相对安全。人没有什么天敌，他只是所有动物的公共天敌，他的地位很特殊，因而死亡，使动物变得无所畏惧，哪怕是一只蟑螂。它曾经匍匐地下，只盯着眼皮底下的尘土，现在，它翻转过身，它一生都没有看到这样无限无限倍于它的广阔天空……面临死亡，它安详且自尊，双手交叠胸前，姿态如同祈祷。行为很放肆，即使在睡眠中，它放心地裸露它的肚皮。

苍蝇

外国动画片里的恶魔造型，其创作灵感源于苍蝇：墨镜、斗篷和锃亮的皮夹克，分别对应于它奇大的圆眼、短小的翅膀和金属色的身体。苍蝇是最招人厌恶的昆虫，这完全归罪于它古怪的爱好和生理习性——守候在粪便、臭鸡蛋和垃圾之上，一只苍蝇借此度过幸福的一生。喜欢苍蝇几乎是不可能的，那等于以隐喻手法表白对肮脏和丑恶的向往。公正地讲，苍蝇的形象还是说得过去的，我们在其中还可以发现一些佼佼者，比如一只小粒黑宝石般的苍蝇，或是甜透的桃汁上一只浑身珠翠的果蝇。除了荷马称赞过苍蝇卑微的勇气，我还记得一位独树一帜的西班牙诗人的句段："这些苍蝇，鄙俗平常，正由于熟悉之极，没一个诗人把你们吟唱。只有我知道：你们的足迹，踏上过魔力的玩具，踏上过巨书的封皮，到过情书的字里行间，也游历过死者凝固的眼皮……"

如果我们不从传统旧习上看待苍蝇，仅从概念而不是从意义出发，换句语言学上的时髦用话，即从能指而不是所指上来看待苍蝇，我们会正视一些惊人的科学数据。家蝇有四万只小眼，它们可不是摆设——人类能区别每秒二十四次的光暗交替，蝇眼轻易辨出两百次以上——我们完全可以推想出苍蝇观察事物是多么地仔细和全面。苍蝇每秒拍翅两百次，相当于蜂鸟的三倍，后者却成为飞翔的优美典范。如果一只苍蝇不受干扰地繁殖四代，它会有一千二百五十万个子孙。苍蝇能用脚辨味，用触角去嗅，用两肋的气孔呼吸——瞧瞧，不管是谁，能够流芳百世或是遗臭万年，总得有点儿特别的本事。

从蜜蜂到苍蝇，就像从浪漫主义者到批判现实主义者，中间的差距有多大。蜜蜂宽大松弛的臀部沾满花粉，它在一片称颂中盗取花蜜；苍蝇摩拳擦掌，它准备奔赴臭烘烘的场所去大干一场——这让我联想起两类迥异的文学批评家：歌功颂德派和讽刺打击派。为了不引起某些敏感脆弱的评论家的怒火，我需再次申明：此处的苍蝇并非世俗理解上的苍蝇，请不要以为我是在人身攻击——屎壳郎曾被古埃及人奉为尊贵生灵，他们的态度是严肃的。唉，苍蝇的名誉太坏，为它写点什么都麻烦，还得解释，就像和绯闻太多的人正常地见个面都让人猜疑。不说了，全文抄录一段撰写苍蝇的精彩文字省事吧——这招我是从一些评论家那儿学到的，他们大面积移植被评论者的文章，正义而职业地把本属别人的稿费划归自己名下。这便是陈东东的《苍蝇》：

"苍蝇为什么从来也不是马戏团的角色？它如此充分地模仿

人事，参与一切日常生活。苍蝇，它跟我们有相似的习性，爱好光亮，在其中蹁跹。当我们用餐时，它先于我们品评饭菜；当我们如厕时，它先于我们发出了哼吟；当我们照镜子，它甚至攀上光洁的玻璃，更欣赏我们被视觉想象力修饰的形象；而当我们打开那歌集，我们发现，又是苍蝇，夹杂在字词之间，添加诗行的音节，补救了天才的欠缺……是否因为苍蝇的模仿几乎是侵略，即使它有着远比猴子们高得多的天赋，我们也不给它在孩子们面前施展的机会？

"并且，苍蝇，我们厌恶它，追杀它，要它死。它跟我们过分一致——聚众、嗜腥、喋喋不休，令我们怀疑——是不是我们模仿了它？"

蜻蜓

"蜻蜓"，这个名字格外具有古典美感，像个玲珑女子的闺名。当蚊子横行，蜻蜓也来了，小小的仙女，是它保卫我们的和平。然而，蜻蜓并未得到人们的感恩。小时候，我曾经把蜻蜓的翅膀撕去翼边，这样它既可以飞，又飞不高，能被我们再次捕捉回来。我们的快乐使那些无辜蜻蜓成了残疾。还有的人，就像拧螺丝钉一样残忍地旋下蜻蜓可爱的头颅。

酷热的夏天，我看到一只点水的蜻蜓，它把卵产在楼顶的一小片积水中——这是昨天的一场暴雨残留下来的。我知道用不了多长时间，太阳就会把这里蒸发干净。蜻蜓还在不停地盘旋、点水，这是注定的致命灾难。这位粗心的小母亲，不知道自己的孩子还未降生，就已经被控制在死亡的阴影下……

毛毛虫

男人以胡子来表明自己的雄性魅力，西方男人更愿以茂盛的胸毛来标榜性感。民间粗俗的俚语说："好女一身膘，好男一身毛。"大概在宣传：如果你搂着男人就像搂着一床毯子，那感觉是最美妙的。要说昆虫里汗毛最多最重的得属毛毛虫了，可从没谁言及它的性感。毛毛虫真是投错了胎，我们对昆虫的审美态度迥异，它的美态得不到欣赏。

很难想象毛毛虫和蝴蝶系一物之身。从大汉变美女，这么两面派，这么洗心革面，没人能像毛毛虫这般彻底革命。蝴蝶标本被装在玻璃镜框里，就像白雪公主躺在水晶棺材里，栩栩如生得随时都可能苏醒。毛毛虫是最伟大的整容大师，它施予自己的手术效果有足够的广告煽动性。蝴蝶没有商业头脑，可更具生活智慧。

蚂蚁

我们越了解蚂蚁的生活方式，就越佩服其产业结构的均衡和完善。蚂蚁采集树叶以培植菌类，这是它们的农业；放牧蚜虫以获取其分泌的蜜露，这是它们的畜牧业；此外它们还打猎，集体作战捕捉比自己体格大得多的昆虫。爱默生在《自然沉思录》中这样描述："当蚂蚁仅仅被当作蚂蚁时，它的本能就显得微不足道，然而，一旦它与人之间的联系像一道光照过来，使我们的眼睛为之一亮，这个小小的苦役者就被我们看成了一个道德的劝诫者，小小的身体里装着一颗全能的心。"是啊，蚂蚁如此之小，昆虫里的草芥百姓，谁能把它放在眼里？但是，假若把蚂蚁的身体尺寸放大到和人一样，它能够搬着三百公斤的货物以每小时二十四公里的速度连续奔跑几昼夜，一点儿也不会感觉到疲劳。神真好，它把比例安排得这么精当，每一生物的力量都恰巧支撑生命需要，即使其中一些有耀人的资本，也被控制在一个安全限度之内，不至造成太大的破坏。否则，想想吧，如果蚂蚁真有人的身高，想想它坚硬的铠甲体魄、有力的牙齿，谁还敢对它视若无睹？而现在，一个上幼儿园的小孩儿蹲在地上，用冰棒棍碾死成群的蚂蚁——这些生前习惯了劳动和战争的小小烈士，它们在下雨前对蚁窝的危房改建工程中牺牲了性命。

勤劳的蚂蚁几乎是盲人。庞大的蚁群数量可达两千多万只，每只都凭借前面伙伴的气味来确认前进的道路——我惊讶于它们对集体的高度忠诚和对朋友的充分信任。

螳螂

螳螂好像一个窈窕淑女，尖尖的脸型和秀气的嘴；紧束少女一样的腰和胸部，它的维多利亚时代的嫩绿色长裙，还保持着优美的裙撑。螳螂将两臂收在胸前，神情温柔，仿佛祈祷上帝原谅它的罪或无辜。然而正是它，被称作"世界昆虫之虎"，过路的昆虫惨死在它锋利带刃的捕捉足下，小巧的嘴正撕开并咀嚼猎物的肉——然而，最冷酷的事情不止于此。

螳螂有个可怕的家族传统：新娘在婚配后杀夫果腹，有时甚至在交尾过程中，残忍的新娘就迫不及待地转过身体，噬食新郎。雄螳螂似乎很清楚自己的悲惨命运，它既不反抗，也不试图逃走。生物学上的解释是，雌螳螂在孕期需大量营养，为了避免有身孕的雌螳螂外出觅食遭到天敌的袭击，雄螳螂心甘情愿奉献自己的生命。这是从褒扬角度对雄螳螂的无私精神予以肯定，可恶毒地说，谁能保证雄螳螂不是在情欲高潮中丧失了起码理智，痴情汉为了薄情女倾家荡产、丢了性命的例子还少吗？我们不知道雄螳螂的真实想法，生命中有两件事最神秘、最令人震撼，那就是爱情和死亡，勇敢的雄螳螂竟将二者结合在一起加以体验。看过一部科普片，专门介绍螳螂的婚礼谋杀，我竟涌起与观看希区柯克的电影时相似的恐惧感。

雨　后

从平凡的时刻出发，从洁净的地点开始。雨，这个美妙的象形字，它是唯一同时成为一幅儿童简笔画的汉字：四个孪生的水滴兄弟，正路过窗口，乘着风倾斜的滑梯。雨的样子多么简单，我们的种种迷惑和猜想正基于此——因为包含着巨大的可能性，所有的未知数均大于已知。在"无"中才能放进"有"，雨就是这样，盛下一桩浩大的无望爱情，或是数次摧折万物的风暴。流浪的波希米亚人从水晶球中占卜命运，一个孩子，从雨里得知的更多。我仰头，第一滴雨恰巧落下，像神奇的药液，瞳孔从未这样清亮。

　　先于每年春天到来的，是一场雨。经过冬季漫长的肆虐，大地伤痕累累。一切都是光裸的、贫苦的，世界被剥削得彻底破产。只有秃丫的柿树上，挂着几个去年的残破果实，难挨寒冷中，麻雀曾把它们一一啄开，作为最后的救命赈济。空旷，体现出某种近于哀悼的气氛。从备受拷打的昏迷中苏醒，需要一盆迎头泼下的水。雨就此到来。我们放心了，雨是自行车的悦耳铃声，穿绿制服的树，很快就会把春天直接邮递到我们手里。雨下起来，优美的天地乐器，它竖琴的弦连续演奏，把我带进童话般无尘的想象。雨是春天的小号，夏日的珠链。雨是竖纹的网，低垂的帘。雨是细齿的一把水晶梳。

来自高空，来自目力不可抵达的玄想之城，从未有一种事物等同雨，让我如此想象天堂的存在。雨是神播种的秧苗。雨是一棵生满针叶的玻璃植物。或许，它盛大的树冠隐匿在天庭，雨滴，只是一颗颗椭圆的籽粒，摇落下来，要在土壤间植入秘密的和平。雨是最小的仙女，舞裙浅灰，踮起芭蕾足尖——靛蓝色的夜晚，她们的絮语和歌声在枕边，好心的仙女因何忧伤？绵密的雨，好似银针，谁踩着一架巨大的缝纫机在大地上刺绣？更大的雨来了，做值日的天使在冲洗楼上的台阶。当天上的河流注满，水就瀑布一样溢出，让我们认清天地之间的巍峨落差。雨是上帝垂下的钓线，就像从水层下面诱引鲜活的鱼，它从黑暗的土壤深处钓出花朵。联系起天与地，雨仿佛是一种信物，这些来自天上的字母，我们无从解读。但我深信，神用雨水降下谕旨，字字剔透晶莹，灌溉万物，渗透至它们的根部，过后又无迹可循，然而，雨后每个晴朗的日子，它都要默默执行这一含而不露的律令。有一次，一个很小的石块从五楼阳台上掉落，轻易敲开一个叔叔坚硬的头颅，在医务室里，我看到汹涌的血流淌不止，身材魁梧的叔叔呻吟起来，他害怕了。我不禁迷惑，怎样的力量控制，使每一滴雨从那么那么高的地方下坠依旧温柔？穿过辉煌的彩绘玻璃，澄蜜色的阳光照耀生来有罪的婴孩，他核桃般幼小的心中已承载下世袭的恶念——神父正为婴儿施洗，以纯洁之水。教堂中，默立着信徒们，作为受洗人，圣水也曾滴洒在他们的额头。那么雨，是否是一场来自天父的盛大洗礼？世间一切，沐浴在无限恩泽与宽恕之中。

水是灵魂物质，占有生命的最大比例——雨是对生命的慷慨补充。雨落在青灰的瓦砾。在迟归小鸟的毛羽间。在公园空着的长椅上。在抽芽不久的麦苗上。在失恋一样忧伤的湖面。在行路人撑开的伞篷上。在大动物的脊背。在草丛间隐蔽的小小的昆虫尸体上。在农家敞口的水缸里。在孤儿有点儿乱的头发里。所有的，尊贵和卑贱的，呼吸着的和陷入冷寂的，歌唱的和饮泣的，走近和远离——那重逢和告别的，都在雨里得到平等对待。雨，冲走漂泊者的眼泪，孩子的玩具，情人的遗书，罪犯留下的脚印。什么在雨里此消彼长生生灭灭？滴水穿石，千万雨滴，岁岁年年，日日月月，洞穿看似坚不可摧的东西。

我贪恋刚刚落雨时地面挥发出的土腥味儿，这种好闻的气味被随后而来的水湿气淹没。我伸出手，雨就落在手中，它们很快聚成一小摊，然后顺着掌边流下去——什么也不能阻挡，它们命定要向着最低的地方，向着深渊。我朝上望去，每一滴雨都抱有一种坠楼者的果决，以及了断时刻的奇异轻松。就像不能连续凝视太阳，眼睛很快疲倦了，不同的是，这次让我疲倦的是天不变的灰调子。不论热情还是冷漠，只要是长久的、单调的，都让人不愿忍受。移开视线，眼前一刹那暗了下来，再次清晰起来的时候，我认识到一场雨对世界的改变——雨水本身透明无色，但它使被浇淋的事物颜色加深。屋顶覆着的鱼鳞一样的瓦片更黑，葡萄架上弯曲的藤丝更绿，晾衣绳上忘记被主人收走的衬衫更蓝。纯洁可以成为更改世界的力量，只不过在时间上是短暂的。一盆水只需要一捧土就成了泥浆，而大地，却一年四季吸纳雨水，并以此作为生生不息的源泉。可以就此推理出一个冷峻的结论：肮脏可以贯彻到底，纯洁被迫要在中途停下。

雨停了。我们迫不及待地跑出来，蹚着混浊的积水，相互追逐，这是被大人们厌恶和禁止的，也正因此，这种嬉戏才保持经久不息的魅力。水被鞋子和手撩起来，哗哗地响。一个孩子穿着不相称的笨重的黑橡胶雨靴，奔跑过程中跌倒在水里，就是那双用于阻隔雨水的靴子，使他浑身湿透了。两个小姑娘蹲在楼边，专心致志地在一块湿地上玩分田地的游戏，顾不得裙角已被泥水弄脏，一把刻刀轮流使用，权充她们瓜分天下的武器——如果替换主人公身份与年龄，将她们手中的玲珑工具放大，就会发掘这个比拟暗含惊人的逼真之处。刀刃所到之处，标明占领者的疆界。过多的划分和争夺让那块象征的田地过早地烂掉了，再也支撑不了一把小刀的刃尖，于是，小女孩换了个地儿，继续她们的竞争。

平日藏匿的弱小生灵暴露出行迹。很多蚯蚓被孩子不经意的鞋子踩扁。它们习惯隐身地表之下，用柔软的身体疏松土壤，因此成为受园丁欢迎的益虫——对于植物来说，根部的土质不坚固，反而更益于生长，这相悖于一个人对基础和秩序的依赖。我蹲下来观察一条蚯蚓，它无力地瘫软在那里，可以对抗泥块和石子的力量对空气却无能为力。样子丑陋，盲眼，没有四肢，它是残疾的，缺乏逃脱本领——不知什么原因，它们在雨后纷纷钻出，毫无保护地裸露在潮湿地面，这是个危险行动，无异于集体自杀。一个小孩子要试一试玩具铁铲的锋利，他将蚯蚓一一拦腰斩断。蚯蚓扭动着，似乎在承受剧痛。然而，这场看似的悲剧并未终结，它有个出人意料的喜剧尾声——被切开的两部分，据说会发展为两条各自完整的蚯蚓。再生本领令人迷惑，在失去的位置复述那失去的——蚯蚓的回忆、想象和愿望如此之强烈，以至于它真的获得新生。人们惧于死的终点，灵药和宗教都不能让他们平息，而上帝，从未因祈祷之声而赐予他们永生，现在我们看到他令人惊讶的偏宠和戏弄：上帝把非凡的复活能力赋予这世上最卑不足道的蚯蚓。并且，这不是简单意义的重生，蚯蚓失去一条性命，换回两条。也许这是蚯蚓无畏死亡的原因，它们乐于与刀口相逢。在雨后的好日子里，死，让它们享有干净的无性生殖。想起小时候妈妈考过我的问题："一张方桌砍去一个角，还剩几个角？"我回答错了，答案并不是三个，而是五个。这不是四减一的数学问题，它包括奇妙的逻辑与转移：短促亏损，将以双倍的盈余补偿。蚯蚓携带复活的神迹，一语不发，潜行土层之中。

雨天，对另一种地下昆虫来说也是解放的通知，它的命运即将展开截然不同的篇章。知了猴用两只有力钳脚钩住土壁向上攀缘，它马上就要见识阳光雨露，就要像它的父辈，拥有鸟一样的飞翔自由——在此之前，它已在沉寂、黑暗与孤独中度过多年。自由，是生命遭受奴役的理由。洞穴深邃幽暗，向上的道路细窄而漫长。洞口极小，比蚂蚁的洞口大不了多少，以停在上面针尖大的丁点阳光作为邈远希望，它忍受长久的苦难。苦乐之间，保持一个悬殊比例，幸福处于塔尖的位置，那样高，那样远，又那样小。知了猴离地面越来越近，有时候，它会遇到意外的迎接——男孩正掘开表土，手指探进洞里。撤退往往已来不及，受害者终于明白了苦难尽头的东西，那是更大的苦难：油炸知了猴是男孩父亲最喜欢的下酒菜。有的知了猴被掏出后，孩子把它放在纱窗上。背脊裂开一条线，它要蜕壳了，事实证明，过去的厚重艰辛，最后仅等同为一层脆弱单薄的废弃皮壳。刚蜕出的蝉与几分钟之前样子迥异，嫩绿的，像个初春饱满的树芽。逐渐，它打开翅膀，轻盈透明的翅膀，相对笨拙的身体，完全是件奢侈品——其实所有理想，都带有奢侈的性质。这只蝉沿着纱窗向上爬，但它永远也不会找到梦想中的栖枝了。它停住了，发音板振动起来，呼应窗外嘹亮的蝉鸣。那些幸运儿吮吸着树汁，而这一只，将很快死于绝望与干渴。几片叶影投递过来罩住这只蝉，像另一双隐蔽的阴凉的翅膀，要无声地带它飞走。我在空荡荡的树下，听着蝉近乎呐喊或哭诉的歌唱。

在一丛植物中，我发现一张蛛网完好无损，镶嵌着碎钻般的水滴，那些来自天上的小小暗器没有打断其中任何一根细丝，它谜一样悬在空中，被风轻轻吹动。丝网的主人今天一定会狩猎成功，因为它日常的谋杀行为中又加入了美的辅助。

草木得到雨水丰沛的灌溉。花朵格外美艳——秉承神的眼泪展开它们碎裂成几片的托盘。我同时注意到，在羽鳞状叶片的层层遮护下，柏枝呈现出炭似的焦黑颜色，仿佛刚才不是经过水的洗涤，而是身历火的冶炼。水火之间难道本来不就存在奇异的置换吗？比如长时间握住一块冰，感到的却是烧灼般的痛楚，所以要想让一个被冻僵的人获得温暖，人们不是将他靠近火堆，而是用冰冷雪水搓遍他的全身，他会在冰雪的簇拥下恢复知觉。水火对立，又在对立中进行着诡秘的融合。谁能称出一朵火焰的重量，谁又能测定一场雨的幅员？

一条彩虹横跨天际。雨水，洗净这座悬浮的拱桥，红橙黄绿青靛紫，它带有显而易见的幻境色彩，它的美让人不知所措。桥和台阶往往朴素，要以朴素衬照它们所指向的辉煌圣殿——我猜想，彩虹已华美至此，它通往的天国，那种灿烂与壮丽也许会让我们当场瞎掉。空气清新的雨后，孩子为彩虹欢呼。我们忍不住要向它跑去，而彩虹，不久就要把光芒收拢。也许我们稍加注意，就会觉察美的欺哄性质。彩虹永远出现在太阳的对面，当你向它靠近，最后发现那里只有空白的天际；而当你低头，你会明白追寻的结果就是背离阳光，地上只有自己浅淡而变形的影子。

　　不是所有的雨都恩泽给世界温柔和安慰。雨也可以成为一种天地暴力。乌云，像运输的灰漆水车，慢慢开动，寻找合适的卸装地点——让干旱的地方更干旱，让潮湿的地方更潮湿，它要制造出更广大的沙漠，更汹涌的洪水。天空迅速暗下来，变成低低的黑色，好像谁从大瓶子里倾倒出成吨的灰墨水。天边滚过隐隐雷声，好像一个巨人在走动。街上行人也加快了步伐，他们的脸上流露出紧张不安的表情。一场暴雨即将来临。

　　暴风雨每每令我恐慌。亲昵生欺侮，而敬畏规定了权位和等级。平静和完整被打破，雨，使这个世界瞬间布满划痕——只有钻石能在玻璃上切割，只有雨水能在空气中刻写。雨越下越大。愤怒的雨，像直立起来的奔流河水充塞一切空间，它带有显而易见的惩罚倾向。雷击之声剧烈敲击着耳膜，我缩在屋角，甚至不敢接近窗子，玻璃也被震得微微颤抖。闪电的剑柄从天而降。尤其在夜晚，频繁而短促的闪电，让我的眼前一会儿亮如白昼，一会儿又漆黑一团——整个世界就像一只坏了的日光灯管。在这摧枯拉朽的暴雨中，处身旷野的人无所荫护，他出于惧怕要去寻找能够遮挡在他头顶的东西，而这儿，什么也没有，除了树。他如此惊恐，以至于忘记常识的警告，他向那棵树跑去，似乎它的高大树冠可以提供某种保护，或者替他受过。其实，来自树木的安慰如同诱饵，是为了使他心甘情愿落入陷阱。树把闪电传导过来，而他不能承担这样大的电量，于是，他闭上眼睛，停下心跳，把自己作为一件献给雨神的祭品。这个人完全解除了对天谴的恐惧，并且只在一瞬之间。他的身上一滴血也没有，流过他身体的雨依然清洁。他头顶的树会在天晴后发出新芽，而命运不同，他不会苏醒，并且，他故乡的小儿子被雨淋湿，将在一场高烧中感染肺炎。暴雨就像细韧的鞭绳抽打，我可以感受到那种疼痛，并由此得知远方的灾难。

　　一天傍晚，雷雨交加。父亲在厨房准备收拾邻家送来的鱼，我坐在小板凳上，搅动脸盆里的水，试图让那些缺氧的鱼得到一点缓解。这无济于事，我的帮助反而会延长鱼的痛苦。鱼皮光滑，像女人的肌肤，我不小心碰了一下，马上反射似的缩回手。在银闪闪的鳞片上，我发现一条清晰的侧线，好像手术缝合的痕迹那样。这条宿命的鱼似乎早有预感，它安静地躺在案板上，吐出最后几口气，等待刀刃，等待折叠着的身体被重新裁开。支流丰富的河川如同一棵分出枝丫的大树——生活在其中，鱼是水结出的果实。窗外风雨大作，听起来像为失去一个孩子而悲恸，但它无法施加拯救。这时，我忽然想起邻居叔叔送鱼过来时，还顺便给了我一条很小的鱼，只有一寸来长，放在空罐头瓶里。对着阳光照一照，它像是一片银柳叶漂在浅水里。下午出去玩儿，我把它藏在一个保密的地点，可快下雨的时候，雷声吓得我匆匆跑回家，把小鱼忘在院子里了。我慌忙趴在窗台上，可是外面什么也看不清，只听见瓢泼大雨的击打之声。我心事重重地等待雨停。这个晚上，我没有睡好，伴着不息不止整夜的大雨，我做了许多奇奇怪怪的梦。

第二天我醒得特别早，清晨偷偷溜出家门，院子里没有一个人。我小心翼翼，走过湿滑泥泞的路面。拨开叶丛的掩护，拿出我的秘宝——可是我愣住了：罐头瓶里荡漾着半瓶不甚清湛的水，里面空空的，小鱼不见了！我不相信地摇晃着瓶子。没有人会发现我的藏宝处，雨水也没有漫过瓶口，难道小鱼会溶解在水里？或者，昨夜有一根特别的长长的雨线隐藏着，接走了它？忍冬青蜡质的卵形叶片，反出温和的白光，那上面水滴悬着，很久很久，没有落下，像是欲言又止的话语。两只相互追随的苍蝇嗡嗡作声，听起来如同我脑子里轻微的轰鸣。那个年纪，我正处于摆脱对梦、神仙和会说话的苹果树的信任阶段，而一条体现魔法的鱼，让我在怀疑中安静下来。想起魔术，表演者走到观众群中，无中生有地钓上一尾红鲤。有一回钓竿竟然就伸在我眼前，甩动的鱼尾几乎拍打在我惊讶的脸上。注定是一个谎言，却令人执迷不悟，我乐于听信。然而，后来在首都体育馆的一次演出让我大失所望。据说那是个有名的民间艺人，穿着沉蓝色的长袍，几分钟时间，他变出大小十余个鱼缸，里面的金鱼色彩斑斓、活泼游动——但这并不让人钦佩，刚才上场的时候，谁都看出他显得过分臃肿，长袍的下端被奇怪地撑开，他整个人好像一座矮墩的塔。携带的道具如此之重，他步履维艰，以至于甚至需要别人搀扶上台。这样的表演几近笑柄，魔术关键在于建立神秘感，而他旨在泄露，他的谜底已先于谜面公开。白发艺人身手灵活地退场，他的袍子宽宽荡荡。工作人员匆忙搬开众多鱼缸，现在无法把它们再变回长袍里了。轻易识破了机关，观众们幸灾乐祸，又索然无味。而我的小鱼，能像银亮的剃刀般划开水面的小鱼，它消失了，没有留下任何线索，那背后的魔术师没有暴露一根万能的手指。太阳穿过树木翡翠的叶簇，投下椭圆光斑，鳞片似的闪闪烁烁，灰黑而狭长的路面，宛如一条侧卧的鱼。沿着鱼脊，是一条回家的路。

　　战争，划分出征服与被俘，最后奉上的是带血剑柄；灾祸，区别了强者与弱者，首先蒙难的是无辜儿童。大雨过后，经常能发现浑身淋透的幼鸟挣扎在泥浆里。为什么神赐的明净雨水，到我们这里却成泥泞？什么在中途改变？抑或，雨也不过是天上的尘埃而已？一只麻雀雏鸟毛羽稀疏，嘴角还未褪去鲜艳的黄色，风雨，使它过早结束摇篮时代。它被路过的一个男孩收养，我看到他眼里燃烧着奇异的亮光，在他半攥的拳里，麻雀小小的头颅更深地缩进颈部。癞蛤蟆缓慢地从隐居的角落爬出来，在它看来，一场雨，就是大降一个浅浅的幸福池塘——可惜，这种判断存在致命的美化成分。男孩们纷纷用砖头击打，在石头重压下，我看到一条终于停止抽搐、渐渐收回的黄疸色后腿，它为了投奔理想而奔赴死亡。对于大量渴水的动物，雨，布置下海市蜃楼的欺骗场景。

一切都有相对称的展现背景，湿雾之于江面的汽轮，积雪之于深僻的村落，风之于外表沉默内心狂野的树冠，而雨，使草根复活，铁生锈，穷人的橡檩松动——它将抵达得更多更远，屋檐，山谷，夜晚，纸张，情人的脸，墓碑上斑驳的字迹……

鸟　群

A 部

　　只要有土地，就会有千姿百态的生命，土地是最伟大的魔术师。让人不能忽略的是，正是鸟类带来植物的种粒，展开最初的繁荣。鸟是灵异之物，有别于其他，鸟持有某种神秘的身份：它创造，它飞翔，它用歌唱的方式说话，它是唯一能模仿人类语言的生灵，如果愿意，它的旅迹可以横贯地球的两极——鸟是神的拟态。人们想象中的天使，就是根据人与鸟的结合形象设计而出。

　　鸟是天堂撒下的花籽。流浪的鸟，会让任何一棵树享有新娘的光荣。微风过处，它们隐身在很低的草间；瞬间穿越乱密的枝条，确定通畅的航道，并且不影响飞行的速度；树叶茂盛，在这绿色的宫殿中，精灵们在错杂的阶梯间弹跳，孩子一样地天真；夏日的正午，鸟儿疾速飞过，投射下来一小片清凉的暗影，这些细碎的斑点在大地上跳动——我听得见那好听的声音。

动物的行动大约有爬、走、游、飞几种方式。爬，有失身份。上帝曾以此作为对蛇的长期刑罚。平凡地走，反映出世间的庸常倾向和从众心理。游，太多受到外界环境的制约，但看着鱼单调的生活不觉得有什么长久的乐趣，进而看出鱼鳃的鼓合似也在模仿扇翅的动作。只有飞最自由。

据说，两亿年前，昆虫是地球上唯一会飞的动物。这非凡的本领后来被鸟所超越。鸟类的技术显然更娴熟，方式也更为高妙，相比之下，除了蜻蜓和蝴蝶等有限的几种，其他虫类所谓的飞，更像是奇异的跳高或跳远方式。因为飞，鸟的视角比别的动物都要高远。并且，鸟中最普通的野鸭都既会飞，又会走，还可以游——它们才称得上见过大世面。

我小时幻想的超凡技能唯有飞，甚至有一段时间，每个夜晚我都在黑暗中偷偷练习，幼稚而徒劳地挥动双臂，以为经过不懈的努力，小小的胳膊也终有一日可以飞动起来。我还不明白有些愿望终生无效，有些幻想存在的目的，只是为了映照出

鸟是灵异之物，有别于其他，鸟持有某
种神秘的身份。

斑纹

现实生活的窘态。直至成年以后的睡眠中，我依然会梦到自己悬浮于空中，算是对早年寂寞理想的呼应。

鸟在头顶，注定要我仰视。

我对鸟抱有永久的惊奇，它们令我感慨于造物的精巧安排：啄木鸟每天在坚硬的树干上敲呀敲的，却不会得脑震荡；仙鹤穿着细黑的高筒靴子，不怕站在寒冷的雪地上；鹈鹕松弛的下嘴唇，松鸦严谨的八字胡，黑鹭的蝙蝠侠斗篷，企鹅的黑白晚礼服……

它们的声音怎样打动我的心肠，花腔的情歌，押韵的诗诵，战斗时的号角，将死前的叹息……在我看来，甚至靓女故作港台腔"哇"的惊叹之声，也不若乌鸦来得爽直。

除了风格迥异的鸣啭方式，它们还有各自独特的飞翔节奏，或高或低，或收或展：海鸥的圆舞，佛法僧的狐步，雨燕的华尔兹，大雁的集体舞……鸟优美地起伏身体，天空中充满生动的舞蹈。

鸟有留鸟和候鸟之分。我们的身边，有些是此地的永久居民，有些只是匆匆过客。

候鸟整整歌唱了春夏两个季节，现在它们就要赶上秋天的末班车走了。这些阳光与花朵的忠实信徒，这些充满无限诗情的浪漫主义者，这些不畏艰险的伟大旅行家，一年一度，踏上遥遥的征程。作家这样羡慕着鸟的迁徙习性："野鹅比起我们更加国际化，它们在加拿大用早饭，在俄亥俄州吃中饭，夜间到南方的河湾上去修饰自己的羽毛。"候鸟的一生中充满对未知远方的好奇和不断更改生活的勇气。

候鸟有着准确的潮汐规律，偏心的神把时序的秘密偷偷泄露给它们。冬天里的人们，不要丧失对温暖的信仰，抬头凝望寂旷的天空吧：候鸟终将飞来，这些忠诚的纤夫，将再一次把浩大的春天拉回。

当秋天的潮水退去，就像沙滩上留下了贝壳，留鸟驻守在它正在降温的祖国。天灰暗下来，就要下雪了，那些冬天的传单正在抓紧印制。

雪是大自然进行的一项残酷的游戏，它以优美的方式藏起了鸟儿们基本的口粮，如同藏起一件随意的玩具——然而，找寻失败的鸟儿将输掉性命。辽阔的雪野标明了小动物们广阔的受灾面积，饥寒交迫中，弱小的生命能贮有多少抗争的能量？对于拒绝移民的留鸟，生活提出了艰难得近于苛刻的要求，它们在近于赤贫的土地上，寻找着极为有限的供给——我看到枯干尖硬的槐荚，滑过喜鹊焦急的喉咙。

不仅只在春日欢宴，鸟儿才会放声歌唱，冬天的寂静中，我们也可以听到鸟鸣，好像是它们在贫苦中的宣言——我明白一个人藏在诺言里的力量是如何被坚持着。

B 部

可能我们对鸟存在很多曲解，比如猫头鹰的"睁一只眼闭一只眼"，本是警戒的手段，我们却理解为明哲保身的松弛态度。但可以肯定的是，鸟无疑在众多方面为我们提供着美德的范本。

鸟类中有九成是一夫一妻制，而哺乳动物中能坚持这份贞洁的，只有百分之三。

秋晴里雁群飞过，它们拥有良好的个人素质和集体自律，暴风雨也不能破坏它们整齐的阵形。加拿大雁迁徙时要长途飞行，途中基本不进食，但要经常寻找水源来清洗羽毛。显然，其中象征了高尚的自洁品德。

动物园的科学长廊这样介绍着：一只猫头鹰一夏可吃掉田鼠一千多只，保护粮食两千多斤；在树林中过冬的害虫有百分之九十五被啄木鸟等益鸟吃掉——人类的生活被许多天使细心地保卫着。

鸟儿落满枝条，就像圣诞树上挂满了礼物。圣芳济各可以以爱心召唤鸟群，教堂的彩绘玻璃上生动描画着这一美妙图景——但这是止于宗教叙述中的温情。

虽然大多数人宣称，鸟在天性上就不信赖人，我却坚持认为，这并非由于对人的偏见，乃是出自致命的经验。

1963 年，希区柯克拍摄了《群鸟》，这是电影史上第一部灾难片，它表现了鸟类令人惊恐的攻袭能力。艺术的夸张，反映的恰是生活的反面。鸟从来没有这样正义地反攻过，它们只是采取了回避这一冷调的拒绝方式——对比人类犯下的滔天罪行，它们已极大地克制了内心的蔑视和愤怒。

鸟啊，天空的箭，短暂的降落不过是为把自己再一次搭在弦上。一般情况下，我们很少在地面上发现鸟尸，我小时把云朵想象为游动的墓床，里面收藏着亡鸟神秘的灵魂。但是，子弹的射程改变了这诗意的一切。

罪恶是从谋杀天使开始的。人类有多么忘恩负义，连残暴的鳄鱼都张开嘴，放走为它清理口腔的小鸟医生。而地球上五十亿个人，五十亿张嘴，五十亿口可能的陷阱。从食道到胃囊，这是到达死亡的最近路程，我热爱的小鸟们永远不能折返。

人在动物界有着一致的恶劣口碑，也许正因此，才被开除出动物籍。乌鸦可以吃数百种食物，数字和人对比相形见绌。人这个不加选择的杂食家伙，胃袋和脑袋一样发达，就像一只随身携带的垃圾袋。并且，人类还有一个可鄙的习惯，以吃过食物的种类和价钱，来体现他的身份。如果说原始捕猎过程存在很多危险，先民吃掉猎物还可以表现征服中的力量、勇气和智慧，那么现在，那些"见多识广"的饕餮，只剩下无知可供展览了。

不胜枚举的暴行，损毁着人性本应有的温情。有一种名叫

"圃鹀"的小鸟，因其味道独特，从罗马时代起就被摆上欧洲的餐桌。食用之前，需以小米将其催肥；为了让它们日夜不停地吃小米，竟要弄瞎它们的眼睛。据说某地开了一家特色餐馆，看家菜是孔雀肉。活孔雀被喂养在店前的栅栏内，金蓝银碧的羽毛被当作废物拔除。我们的食文化中扩展出如此粗鲁的项目，反映出人们对美的极端盲视。

还有另一幕令我记忆深刻的场景。1996 年末，普降大雪。元旦早上的刺骨寒风又将冰雪冻结在路面上，这是北京少见的零下十度的酷寒天气。我去了百鸟园，我是这个上午公园里唯一的游客。

一张大网从天而降，罩住了整个公园，鸟儿不再跻身于狭小笼内，可以相对自由地进行一些短距离飞行。建立这样的园林，可能仍然有悖于"鸟道"，然而放养的方式已经尽量地体现了某种人道主义色彩。善心能做的只有这么多了。但这善意又是如此杯水车薪。

所有的温血动物中，鸟的体温最高，平均在四十三点五摄氏度。严冷环境中，谁能去照料它们火热的心肠？百鸟园是露天公园，缺乏相应的暖气配备条件。只有鸸鹋享受着特别待遇，在黑暗的桥洞深处躲避肆虐的冬夜。仅仅一夜彻寒，几只黄鹂被冻死了，自古以来，它们不畏帝王讳而勇敢地穿着鲜艳的黄袍，而现在，这些可爱的小鸟没能跳过新年的门槛。

春日茂盛的草坡上，如今正覆盖着深深的雪层。工作人员为了让鸟儿不致有更多的冻伤，驱赶着它们走动起来。雪坡之上，几十只孔雀用冻僵的趾爪困难地行走着，酷寒当中它们无所依傍，绚艳的羽毛映照在皑皑雪光之中。

1997 年元旦过后，中国古动物博物馆举办了一次小型的古鸟化石展览。尽管主办单位事先在新闻媒介上刊出了消息，会场上仍是一片可以预见的冷清。我情愿把原因归罪于当日的恶劣天气。巧合的是，我同样是这个上午唯一的中国观众——除我之外，还有一个刚到北京的日本旅游团和几个日本散客。

1861 年，德国挖掘出七块始祖鸟化石，这几乎成为人们研究鸟类起源和飞行起源的全部材料。大部分鸟类学家根据牙齿和尾骨等特征认为，始祖鸟是由一种小型恐龙演化而成。我迷惑于这奇妙的考古结论，原来鸟是从陆地动物中脱颖而出，就像神从人中间走出来，坐上了圣坛。

从 1994 年开始，辽宁北票市，这一名不见经传的小地方成为世界瞩目的焦点，因为这里发掘出一批相当有价值的古鸟化石。尤其是孔子鸟化石的发现，打破了侏罗纪仅有德国始祖鸟的纪录，引起国外学术界和舆论界的震惊。隔着玻璃，我凝视着无比珍贵的孔子鸟化石，它的造型是如此精湛，让人撼动于巨大时间的积淀之下，那种不容修改的永恒之美。

震动世界的古鸟化石发现，在国内却知之者甚少，除了那些因谋利而走私的商人和因无知而贩卖的农民。事实上北票市一半以上的出土化石已流入异邦，尤其是日本境内。无力保护那些美丽的化石，我不知道有多少人能体会到其中的屈辱。我看着展厅内不停走动并不时惊叹的日本游客——这是个注重美与文化的民族，联想起国人的普遍欣赏品味，不禁让我产生微妙的妒意。他们由衷的赞美是无罪的，但我也知道，所有占有欲的源头，几乎都是无辜的热爱。

北京电视台著名节目《东芝动物乐园》受到广泛欢迎，我本人也是忠实观众之一。但我因为这个标题，而产生敏感而挑剔的小小不快——商业都可以垄断到动物身上，我们还能够保护什么，又还剩下什么财产可供最后的瓜分？

C 部

四月里来了插秧的神，他种下明亮的雨水。飞快的燕子一掠而过——又是谁在挥动这把收割的黑亮镰刀？

穿黑衣的燕子是捉害虫的捕快，它们保持着良好的战斗成绩。在农家，谁的檐下筑有燕巢，都被看作一件吉祥的事，这意味着他们的慈善取得了燕子的好感和信任。当然这仅是针对家燕的宽容政策，因其没有太大的利用价值。金丝燕可就没有这样的好运了。它们吞下苔藓、海藻，和着唾液制成的燕窝，据说具有祛痰止咳、养颜生津的疗效。极高的经济价值给它们带来了巨大的灾难。每到繁殖季节，采摘燕窝的人们纷纷攀附在岩壁上，掠走燕子的家园。大部分繁殖的燕子还会重建它们的巢，大部分贪婪的手还会再次伸来。周而复始，筋疲力尽的燕子已没有足够的唾液，最后它咳出鲜血来建造最后的巢，这就是价格昂贵的血燕窝（由此可见，我们的作家多么聪明，他们的写作策略与燕子的筑巢方式正好相反，开始他们是用心血来写的，写啊写啊，越写越淡，到最后用的倒真是口水了）。采摘者当然不会放弃这血凝的建筑，无人顾及那些摔死在岩底的无辜小燕和悲愤、劳累而至死的老燕。调补身体的人从来不去想，一个燕窝意味着发生在燕子全家的惨案。

躲过重重的干扰和考验，幸存的燕子终于成为飞禽中的佼佼者。有一种刺尾雨燕，飞行时最高时速可达三百公里。还有的雨燕，能在空中飞行长达三年之久，无论觅食、休息与交配，都在空中进行。这是出自对于飞行几近疯狂的热爱。再胆怯的鸟儿也不至于不敢在荒凉之地歇脚一刻，只有强烈的热爱才能解释它数年的不息。就像溜冰运动员，燕子快速的飞行曲线充满了几何意义的美感。米什莱曾称燕子为"空中王后"，他强调为了成为最优秀的飞行专家，燕子做出了重大牺牲。雨燕的双翅特别发达，但它的足部几乎完全萎缩，失去了奔跑和蹦跳的能力，只能在地面上勉强地爬上几步。身体几乎残疾的燕子，创造了一幕伟大悲剧。我看到通往完美的路径从来不是闪光的，而是充满曲折、危险与黑暗的——我看到了途中必然的苦痛与牺牲。许多科学家攀越真理的巅峰，却丧失基本的生活技能；艺术家掌握了高超的手法，却不能胜任最简单的生计——其实，这中间包含着人生最严肃的内容。为了绝对化的理想，他们付出非凡到辛酸的努力。这是生命的豪赌啊，这是对真理的全部捐献。我知道一位热爱芭蕾的小姑娘，为了实现梦想，她付出了超常的努力，几乎在残酷中压迫自己，以至这种追求已失去了任何快乐的表象。她曾为芭蕾多次受伤，但她现在再也不会受伤了，因为最后一次，她遭遇了致命的骨质损坏，再也无法在舞台上打开花瓣一样的衣裙。生命的残酷在于，往往不能按正比把辉煌交给努力。在那条道路上，有人到达，有人负伤，有人死去，但所有的人都在说明：牺牲是前提，是先决与必备条件——正如燕子所付出的巨大身体代价，但正是在苦难里、在残酷中所展现的执着里，燕子体验着至深的生命狂喜。

燕子身上凝聚的力量令人肃然起敬。人类抄袭燕子的服装式样，制成名为燕尾服的西式晚礼服。这在燕子只是件平常的生活装、工作服，而在人类那里，只是在某些正式、隆重的场合才穿着，仿佛隐蔽委婉地表示着对燕子的敬意。

鸡仿佛是个混进来的分子，从习惯上讲，鸡似乎已不属于鸟类。鸡是家禽行列的主力。"家禽"，两个字暴露了鸡角色的尴尬、身世的辛酸。一旦被命名为"家禽",几乎等于被开除了鸟籍,如同那成为奴隶的,难以再享有做人的权利。

非机械时代,我们一直任用公鸡为早晨的报幕员。这个肉质的大闹钟,每天晚上临睡前,都要上好身体里的发条。一位拉丁美洲诗人曰:"让早晨从一根细纱开始,在雄鸡的合唱中编成形状。"大约是承担着如此的要职,公鸡常走着自鸣得意、不可一世的步态。

公鸡的尽职尽责并未换来足够的尊重。人存在普遍的贱性,谄媚那些轻慢于他的,羞侮那些顺从于他的。狗就提供了一个例证。普里什文指出"狗背叛了狼的事业"。虽然在一些文章中屡次提到"狗是人类最好的朋友",但同样的句式曾献给过很多不同的主语。更多的词语是这样表达的:"狗仗人势""狗屁不通""狗急跳墙""狗东西""狗腿子";狼、狎、狡、猾、狞……汉字中的贬义词中有两百多个带有"犭"旁。作为家庭的男主人,公鸡为人类服役的决定,使它和它的妻子们在窄小的庭院里终身监禁,永无获救的可能。公鸡的毛很漂亮,反射着金属的漆光,它们被绑在掸子上与灰尘为伍,或者竖在毽子上供人踢来踢去——公鸡在死后也得不到安宁和自由。公鸡的老婆们被关在鸡场里下蛋，它们挤靠在一起，毫无隐私权，可不允许像它们的祖宗原鸡那样计划生育，一年仅下十几个蛋，它们每只每年要完成二百多个的指标。问题是养鸡场的母鸡们只是公鸡名义上的妻子，它们一生中几乎从未与男性有过任何情感与肉体的接触，这些老处女们必须像勤奋的孕妇一样生啊生啊，虚度自己没有经历过爱情的青春。

关于鸡唯一的美誉是鸡尾酒，热烈的嘴唇碰触着冰冷的酒液，但这丝毫不与"热脸去碰别人的冷屁股"的俗语有任何瓜葛。

去年我到亲戚家做客，他家院子的铁笼下关着一只鸡。由于铁笼狭小，这只鸡的活动空间只有几步，地上积满很厚的鸡屎。主人告诉我，一年前买来这只鸡，刚要杀它，它就机灵地下了一个蛋。于是主人就把它养了起来。从此这只鸡几乎天天下蛋，能干得不得了。这个功臣在如此恶劣的条件中生活了一年多，令我有些不忍心，就建议给它放放风。主人碍于我的情面，打开了牢房的门。母鸡犹疑地走出来，四下看看，又走了几步，然后，它就在笼子边卧下，闭上眼睛晒起太阳。我过去轰它，希望它可以利用这宝贵的机会四处走走。它不快地起身，我稍一停顿，它又蹲下了。当我第二次轰它的时候，它生气地嘀咕起来，并且反感地瞥着我。我明白了，这只母鸡已完全忘记了运动的快乐，丧失了自由的需要。

只有斗鸡还保持着战斗精神，可惜只用于同类之间的相互攻击，我们不用担心它们中会站出斯巴达克斯。鸡的悲剧在于它的服从，更在于服从中的麻木。

也许野外环境太险恶了，才使一部分原鸡走上家仆的岗位。但它们忽视了，如果在野外有百分之五十的劫难，在人类这里就是百分之百的。就像竖立墓碑一般，在每只家鸡的命运下游，案板上都竖着一把刀。

相传楚汉战争时，鸽子被利用来传送印信和兵符，可见鸽子做民间邮递员的历史由来已久。可它的薪金菲薄，几颗豆粒就可以告慰鸽子的跋涉之苦，显然，这不讲道理的交易里存在一些剥削色彩，但鸽子似乎毫无怨言。小时候受到漫画的长期误导，我一直以为鸽子是把信件衔在嘴里完成限时专送的，长大以后才知道那纯粹是美术的改编——美术常常演变为美化之术。实际情况是人们把窄窄的便条绑缚在鸽子腿上，鸽子顺路捎回——这就对了，我看鸽子也不会把替人类办点儿私事看得那么神圣和重要。鸽子也因此落下了职业病，至今它们还喜欢落在窗台上或阳台上听听墙根，看看有什么需要它们传播的，瞧它们聚在一起，发出"嘀嘀咕咕"的声音，颇似流短蜚长的家庭妇女。

在鸟类中，鸽子最易于亲近，它们与人类保持着长期良好的外交关系。具有典型意义的喂饲鸽群场景，传达着两者之间相互的爱惜与信任，既说明了文明程度，又表白了鸟与人之间可能达到的和谐。同样令我印象深刻的是京城的夏日，赤膊小伙站在平房瓦顶，摇动着系着红布的细竿，对鸽子进行着某种训练。依靠着鸽子顺从的形象，在这充满宏观与微观战争的世界上，我们虚拟出一些可视的美好。由于鸽子格外友善的合作态度，人类愿意加封其为鸟界派驻人间的大使。把鸽子嘴里的信封取下，换上橄榄枝，鸽子的实用性被遮蔽起来，具有了形而上的美学象征意义，代表众生向往的和平理想。大量影片就这样千篇一律地表现着——鸽群带着哨音在天上展翅。尽管如此，我还是不太喜欢鸽子，鸽哨并不悦耳，当它们集群呼啸掠过，迅速占领纯蓝的天空，更像是小型轰炸机在编队飞行。人们把"和平使者"的称号授予鸽子，也许仅仅因为它愿意充当我们的宠臣。

鸽子既可以自由飞行，又可以随时回到主人的笼内，享用唾手可得的口粮，这其中涉及鸽子的生存策略。鸽子意识到必须牺牲局部的自由，来谋求现实的生活保障，于是它过着空中与笼内的两栖生活。这的确为它带来了实惠，它不必像其他鸟那样风来雨往日日奔波，只低低地飞上两圈，便安逸地走动起来，或懒懒地晒晒太阳。它不会被冬天的饥馑逼到绝境。我们可以发现鸽子的秘密，就在于它找到了一个巧妙的支点，得到双份的好处。从广泛的经验中，我们日益提炼出世俗生活的秘方：降低精神生活的高度，可以弥补物质生活的匮乏；减少灵魂的成色，可以丰富肉体的娱乐——这就是生存可悲的等式。一边是现实的，一边是空灵的；一边是短视的，一边是高远的。两者之间的取舍决定了命运的路数，虽然选择后者可能会由此沉入个人悲剧之中，但我多么震撼于那种对理想忘我的捍卫。最名利双收的是在天平两边找平衡的人，比如鸽子具有投机色彩的双重身份。鸽子飞行的表演有在主人面前展示与取悦的意味，它归巢的守诺是对主人服从与依靠的表白——鸽子的妥协与投降有悖于鸟的气节。

鸽子起飞时拍翅声很大，它甚至还经常为此掉下羽毛，可以想见其身体的笨重，飞行成为一种业已生疏、需要复习的技巧。鸽子正在向鸡的角色靠拢，成为一种准家禽。自作聪明的鸽子应吸取鸡的前车之鉴，看看前途中的危险——菜馆里的红烧乳鸽正在日益成为常备菜品。

麻雀是鸟类里的平民，也是人类最常接触的鸟儿。这些在我们身边生活的邻居，它们的体形和肤色与我们存在很大差异，但我不是种族歧视者，我多么喜欢它们落叶色的玲珑身体。走在喧闹的商贸街道，抬头看见荒疏的冬枝上静静栖着几只麻雀，心和整个世界一起，瞬间一片安宁。

许多人在童年都有过救助麻雀的经历，而我直到去年才得到这样的幸运机会。这是一只刚刚掌握简单飞行技术的雏鸟，还未褪清嘴上的黄色，暴风雨使它的翅膀上沾满沉重的泥浆难以起飞。民间说麻雀"气性大"，果然，它很快由最初的惊惧，转而变成对窘迫处境的恼火。它以绝食来惩罚自己的失败行为。为了让它尽快恢复体力，我不得不采取强行喂食的办法，这下我看清了它孩子气的脸颊。我粗鲁的作风似乎严重伤害了它的自尊心。由于它的不合作态度,食物沾到了它的腮和下颏上。谁说鸟缺少表情的变化?它稚气的脸上充满了显而易见的愤怒。

北京的广济寺,中午的时候游人稀少,僧人和居士们每天都在圆通殿的西窗台上为麻雀备好午饭。窗台面积窄小,麻雀们便利用了紧挨窗边的一棵松树。每只麻雀衔走一粒粮食,就马上返回树枝上。数百只麻雀就这样不知疲倦地在树枝与窗台之间穿梭着,形成一场褐色的疾雨。因为吃食的麻雀如果占据着窗台,就会有许多同伴因没有站脚的位置而挨饿。每只麻雀都遵守着某种纪律,或曰是友爱的原则,让我看到它们在朴素生活中保持的品质。

麻雀们愿意选择寺庙来安置它们的家,似乎不仅因其清静,而且是感应了素食者的善心。受到广济寺的启发,我开始每天在自己的窗台上放好清水和食物,邀请麻雀赴宴。很长时间,麻雀并不信任我,对我的赠品碰也不碰。也许它们没有忘记数十年前那场可怕的回忆。那场名为消灭害虫的运动,把麻雀也列在通缉令上,罪名是偷吃粮食。上帝的财产有着公正的分配方案,每种生物都拥有应得的一份。但是我们强占了土地和森林，还不想给原有的主人留下最后一口活命的粮食。在那场运动中，我们惊吓并杀害大量麻雀，给它们留下了难以愈合的创伤。今天我需要足够的耐心，来为父辈的错误请求原谅。

积年累月的努力，窄窄的窗台终于成了小鸟的餐桌，它们小巧的喙啄食着，我愿意倾听那轻细密集的嗑击之声。长久的交往使我和其中的一个麻雀部落建立了比较熟悉的关系，我因结识它们而深感荣耀，不觉得这和认识一个有名望的家族有何区别。我想让这些爱说话的小家伙知道，它们永远是受欢迎的小客人，我微薄的招待不成敬意。我希望给它们的食谱增加一些花色，小米、瓜子、饼干、水果……我甚至想到去早市买一些面包虫，让这些同样无辜的小虫子为麻雀们开荤——我现在能够理解男人如何为心爱的女人犯罪。

我把瓜子和松子一类的坚果嗑开，然后把仁儿作为礼物。通过食物的间接传递，我的嘴唇亲吻了它们小小的喙。经常咬嗑瓜子，我的门齿留下一个不易看出的缺口，这是我最光荣、最甜蜜的一次负伤。

D 部

对鹰简单地言及喜欢与否，已近于亵渎。仔细分析我们的情感，更多的是敬畏，正像面对伟人自然涌起的无言。

悬飞着，像一面松木色的古琴，风抚响弦样的羽轴，发出低缓而沉着的声音。豹子从慵懒的走动中爆发了闪电速度，鹰在平静的翱翔中保持着强悍力量。鹰极具有象征意义，除了非凡的力量与孤独的勇气，还有更多的东西体现于不可言说之中。我觉得它凝聚着某种远远超拔于现实背景的英雄主义。所以，早在先民部落里就把它作为图腾形象，至今，印第安人仍传唱着关于鹰的优美古歌。飞在高寒处的鹰，我们必须以费力的仰望方式，才能见到它隐约的风姿——天幕绸蓝的底衬上，别着一枚高贵的徽章，谁才配接受这样的颁赠？

毒蛇打着尾部恶意的响板，危险的警告节奏让周围一切退却。这时鹰从天而降！犀利的眼神、快捷的手脚、冷酷的心、非凡的胆量——鹰天生适合外科医生的职业。尖利的嘴撕扯着蛇，腥冷的血沾染在鹰的羽毛上，这图景呈现出某种残酷意义。但你能说鹰是残酷的吗？

大地上的生命无不处于食物链的运转之中。前面是蝉，后面是黄雀；吞吃着食物，又终有一日成为别人的美餐。荒原上一架巨大的马骨放置着，是空气中那些看不见的细菌把骨头上的血肉舔得干干净净——力量有着令人震撼的转换与平衡。但是，相对而言，自然死亡是从容的，它不经历过多的肉体疼痛，那些食物链顶端的动物享有这样有尊严的死亡——比如鹰，没有谁敢于染指，风会把它勇敢的儿子抱走。鹿把头埋下，贴近地皮，贴近食物链的底层，和草一样，成为世界上最卑微的基础食物。遭追剿的鹿群在绝望中奔跑，后面紧跟着几头狼——它们的胆小和敌人的勇敢，它们的温和与敌人的凶悍！无疑鹿在数量上大于狼，就像世间善的面积倍于恶，但是善是柔弱的呀，而恶是强硬的。所以，正因为绝对的善使食草动物处于易于被伤害和杀害的处境，它们也由此不能走上王位。那在王位之上的，必有它统摄的能力，可以对待善，也可以镇压恶。我们反对暴力，但正义之中，允许了一定严格限量的暴力。严峻的面孔，冷酷的手——治恶必须以同样恶的手段，那使罪行屈服的，最终是法律，而不是良心。你可以毫不在意地杀死羊，但永远也别想藐视狮子，或者轻蔑一只鹰。事实上，一些位于极处的事物已脱轨于普遍的规范，就像大政治家往往不能以简单意义的好人、坏人概念来划分。高飞的鹰昭示着高处的秩序与法则。

悬崖顶端矗立着一只威严的鹰，它把宽阔的翅膀别在身后，如同穿着垫肩大衣的将军。它俯瞰着它的王国，护佑着它的家园。鹰总是把卵产在空寂又险拔的崖顶，它让它的孩子一降生，就处在高远又孤绝的英雄起点上。蛋壳襁褓一样包住鹰的生命，不错，现在它是脆弱的，但它终将是最坚强的，因为它是未来之王。

它们实在太难看了，要想让人相信它们的长相不是出于上帝刻意的惩罚是困难的。除了丑陋的相貌，还要加上粗鄙的生理习性——秃鹫是著名的食腐动物。不断亲吻死神的遗物，它的嘴只用于接触尸体。腐肉滑过秃鹫腥臭的口腔，污秽的血使它的羽毛更脏。秃鹫总是成群集合在死尸旁边，就像坏人般撮合在一起。

其实，粗略地看去，秃鹫长得颇有几分像鹰，但两者的风范多么迥异啊！哪只秃鹫能像鹰那么超拔，哪只鹰能允许自己堕落成秃鹫这样？世界是以对称的方式设计的，黑在白的对面，正义在邪恶的对面，每一高尚都有对应之下的卑鄙。甚至物种的安排也借鉴了这个原则，我们会发现一些奇异的对称：鹰和鹫，狗和狼，蝴蝶和蛾子，青蛙和蟾蜍……这是怎样蓄意的技巧，在相似中制造最大的对比？什么样细节的渐变，更改了最终的性质？对垒着、冲突着，衬比之下彰显出一方的美德，谁不幸地被压在背面？与前者相比，体现在后者身上的是丑态的外表、粗糙的工艺以及恶劣的名声，它们仿佛是对前者极具讽刺效果的失败仿制。也许，它们是被废弃的粗坯，在此实验基础上，造物主确定了更出色的形象方案。但它们依然被保留下来，因为正面常常不是被建立而是被烘托出来的，因为高耸的塔尖需要宽绰的底座。也许上苍觉得只有在对称之中，才能体现世界的平衡之美，他认为这是公正的——然而这只是鹰的公正，而不是秃鹫的。

秃鹫会不会对鹰怀有深刻的仇恨呢？嫉妒产生的先决条件，是两者之间具有某方面的相似性和可比性。一个小职员不会忌恨总统的荣耀，却对新提拔的科长耿耿于怀，因为这人与他有着同等的资历和能力，可是好运却偏袒了另一方。我无从知道秃鹫对鹰怀有怎样的情感，它从未有过什么明确的表示。当自己处于劣势之中，可能漠视对方比之关注对方，更能让内心平静。

我们有否可能克服众多障碍，去认识秃鹫的美德呢？每当发现食物，它会在高空旋转自己的身体，以通知远处的同伴——从中我们看到一种合作友爱的精神。就像是巨大的抹布，秃鹫弄脏了自己的身体和名声，却以辛苦卑贱的清洁工作，维护了草原的整洁——从中我们看到一种忘我奉献的品德。作为食肉动物，吃腐质意味着不杀生，它宁可放弃鲜美的嫩肉，为难自己的胃口，而放给别人一条生路——从中我们看到慈悲的心肠。调整一个角度，两极对峙的判断竟可以互换，相距最远的，可能却是血缘最近的——我们该如何去理解这玄妙的辩证？

我往前凑了一步，眯起眼睛看着秃鹫：难道，难道这个穿着又脏又旧的衣裳、秃顶又驼背的家伙，其实是《巴黎圣母院》中的敲钟人，那个面丑心善的卡西莫多？

小时候看过一场完整的《天鹅湖》，这是我所接受的最优

也许上苍觉得只有在对称之中，才能体现
世界的平衡之美，他认为这是公正的。

斑
纹

美的古典教育。柔和的身体，动人的旋律，我无法确认具体的舞蹈动作与剧情之间的关联，但那被概括出来却依然抽象的美，慑服了我最初的情感。

天鹅以单纯的曲线勾勒出身形，它造型精湛，是高贵的典范形象。与孔雀风格不同，天鹅呈现的是简洁之美，此外，还包含了更多的庄严感。天鹅是赢得最多尊重的鸟。关于天鹅，人们说得已经太多了。布封著名的篇章赞颂着天鹅："地上的狮、虎，空中的鹰、鹫，都只以善战称雄，以逞强行凶统治群众；而天鹅就不是这样，它在水上为王，是凭着一切足以缔造太平世界的美德，如高尚、尊严、仁厚等等。它有威势，有力量，有勇气，但又有不滥用权威的意志、非自卫不用武力的决心；它能战斗，能取胜，却从不攻击别人。"布封誉之为"太平共和国的领袖。"列那尔还有一个生动比喻："它在池塘里滑行，像一只白色的雪橇。"的确，天鹅匀速而平静的游动，几乎不破坏水面的原有纹理，优雅至极。我听到的一个与众不同的对天鹅的评价来自我的朋友，她讽刺说，天鹅不过就是一只会装模作样的鹅。我这位朋友极端反对媚俗，只有那些被人遗忘之处，才能抵达她的关心，大凡多数人趋之若鹜的，她一定会冷眼旁观——不知道这是"独"具慧眼，还是慧具"毒"眼。但她的态度恰从反面提供了证词，天鹅确乎获得了人们普及化了的热爱。

传说，大神宙斯化为一只天鹅与丽达交合，生下了天下第一美女海伦。和女朋友约会要打扮成天鹅，可见天鹅是神中意的模样。天鹅并不因此而傲慢，《丑小鸭》的故事展示了它在成长过程中的谦逊，直到成年，它依然保持着这一良好的习惯，温和地低下头颈。我一贯持有偏见，认为过于自知的美让人生厌，而对自己的美貌几乎一无所知的人，有种别样的可爱。

天鹅并不是体形最大的鸟，不是毛色最绚丽的，不是歌喉最悦耳的……但世间并无全面价值的美，我们所谓的无瑕，仅是在一个狭小局部达到的自我满足，其实它只是一种令人愉快的谐调关系，实现了优点对缺点的最大比值，表现出美对丑的顽强克服愿望——说到底，只是把疵点放置到观察者的盲区上。绝对意义的美是非真的，正如高大辉煌的王鸟凤凰，是幻想中的杰作。如果天鹅拥有引人注目的体形，那么它也许会像鸵鸟一样失去飞行能力；如果它拥有过于绚艳的羽毛，也许它们会成为花瓶里的独特缀饰。世间的美好不是并行不悖的，有时一个优点竟会成为另一个优点发展的阻碍。原来，删减技巧的运用有时要大于增叠，正是众多的舍弃成就了天鹅。它在飞行高度上独占鳌头，可以在八九千米的高空连续飞行十余个小时，而普通的鸟只能达到四五十米的高度。有时候，谦虚并不取决于品德，而是眼界的问题。如果你所看到的范围足够宽广，你就会发现自己没有任何理由骄傲。高远的视线使它明白，骄傲仅是鼓励自信的方式，而绝非对比别人的自得——我由是理解天鹅的谦和。

"鹦鹉"的发音在小学二年级小学生的耳朵听来，反映出的大约是"英武"两字。而实际上鹦鹉并未体现出什么男人气概，虽然它的脑型好像武士的头盔，或者，更像是梳着大背头。并且它还有个妇女习惯，喜欢叽叽喳喳多嘴多舌。鹦鹉的形象带有浓厚的热带效果，羽毛的繁荣建立在对色彩的挥霍上，仿佛是一朵开得过火的花。它就那么夸张地艳丽着，颊边还有两个圆圆的腮红——我猜它在马戏团工作，披红戴绿的，是个哗众取宠的演员。

鹦鹉有一个似乎被钳子拧过、受过外伤的嘴，上下厚薄相差很大，是小姐们化妆时最忌讳的唇形。但就是从这张形态奇异的嘴里，能说出"你好"，然后是"再见"——它把双方交往的历史压缩到最短。动物中，只有鸟能模仿人类的语言——鸟的神迹身份得到进一步的证明。而鹦鹉是其中的佼佼者，并且还配有一张人类的脸。有资料说，能力超常的鹦鹉甚至能够掌握部分语法，并灵活运用于语言的再创。"鹦鹉学舌"作为成语保留下来，格外肯定了它的学习成绩。但我并不喜欢这个词，它所包含的轻蔑成分似乎在说，鹦鹉不过是鸟中的弄臣。事实上，鹦鹉曾经为"学舌"付出过痛苦的代价，它必须经过剪舌这道酷刑，把它尖尖的舌头修圆，才能让人类圆滑的话语坐落其上——这就是说，只有鸟类中的残疾者才屑于吐露人言。

我偏执地认为，存在两种类别的语言，一种是外部的、交际的、社会型的、功用型的，应用于同类之间传递信息，属于一种交流工具和谋生手段；另一种是心理的、个人的、直白的、非功利性的，这种语言有时没有倾听者，甚至没有语言和字符的具体形式，但它却负载着心的重量、灵魂的呼吸，是语言中最令人尊重的部分。两者之间有时很难区分，比如热恋中的人向他的情人倾诉衷肠，就包含着双重性质；而有时，两者之间有天渊之别，比如，诗人以诗为血脉、为生命的创作，和他以诗为习惯、为工作的书写迥然相异——我个人把后者称为"文字泥瓦匠"，因其呈现的同样是纯粹的体力劳动。

我把笼中的鹦鹉，看作被迫的移民——在人力的干涉下，它们离开了自由的鸟群部落，置身于人的异族社会，它们以"外语"能力来谋求生存的地位和荣誉，鹦鹉语反而被忽略。有人说，成年以后的移居者无论怎样适应改变后的语言和生活，他的梦话说的必是母语——只有梦能揭示出心的藏匿位置和灵魂的根系走向。我不太相信此语的确凿程度，因为我毫不怀疑高级商人会在梦里用外语讨价还价。在商品观念冲击下，多少人的心灵言语几乎百分之百等同于生计言语！虽然我们是高级生物，但我们依然无法侵略到一只鹦鹉的梦中，无从去了解两种语言在它内心的融合或分裂，以及它情感上的荣幸或屈辱。

电视里一只明星鹦鹉在表演，无意中给出了答案。当它的邻居是同性的雄鹦鹉，它一直用英文大唱"生日歌"，显而易见，它在炫耀和卖弄它的特殊本领；当它的身边换上一位雌性鹦鹉，它态度大变，用不为人知的鹦鹉语热切而长篇地表达着什么，绝口不提一句人言。这只鹦鹉显然分得清楚，什么是额外于它的有利工具，什么用来传承内心的直接感受。鹦鹉乖巧而善解人意，但你永远也别想让它交出母语的主权。

鹤是鸟类中的模特，如同踩着高跷，它有异乎寻常的高个子，绳子一样灵活的脖颈。平心而论，鹤的瘦打破了我们习惯中的平衡比例，但它依然奇异地保持着自身均匀的美态。涉水而居的鹤仪态万方，诗经中"所谓伊人，在水一方"，也可看作是对鹤的献辞。头和尾都是黑色的，这是懂得呼应美学的鸟，它的影姿因此也颇宜于在雪中展现，体现出格外的和谐美学。它总是穿得非常正式，非常有身份。19 世纪一位印度鸟类学者曾这样写道："最稀有也最可爱的要属白鹤了，它是鸟中的百合花，不论以什么姿势站立，它的头、颈和身体的整个轮廓都呈现出最高雅和匀称的曲线。"

鹤在求偶时，要进行优美的舞蹈仪式。中国人养鹤已久，古书中记载着许多鹤经过训练而闻乐起舞的例证。除却舞姿，鹤的叫声也有一定名气。著名的淝水之战中，自以为投鞭断流的苻坚大败而逃，溃兵失魂落魄，闻听"风声鹤唳"皆以为追兵来剿。仔细听过鹤唳，显然不若百灵、夜莺等鸣禽婉转，但

　　鹤在求偶时，要进行优美的舞蹈仪式。中国人养鹤已久，古书中记载着许多鹤经过训练而闻乐起舞的例证。

斑纹

有着别样的清傲，让人产生一种很特别的苍茫的岁月之感。这世间的事物，有的以美而著称，有的则以丑，还有一些并非简单的美丑问题，只因其间涵纳着一种让人沉默下来的莫名力量。

神话传说中，鹤是神仙的坐骑。碧蓝无限间，仙人骑鹤杳杳而去，优雅又浪漫。这样说来，鹤是最具灵性和动人气息的交通工具了。大约与"爱屋及乌"同理的是"慕仙至鹤"，鹤因神仙的荫护关系，而被人们认为享有千年的传奇寿命。古人以"龟鹤遐龄"来祝福老人的长寿，其实，鹤龄不逾五十年，根本不能与老道的龟相提并论。

国画中"松鹤延年"是经久不息的表现内容，毫不顾及鹤并不栖止于松树的科学事实。律诗中也有"八风舞遥翮，九野弄清音"或"立如依岸雪，飞似向池泉"之类的句子，正面歌咏或托物言志，可惜多平平之作，鲜有惊人佳句。更有影响的是宋朝的林逋，因"梅妻鹤子"而成为《梦溪笔谈》的著名典故。不仅在中国，在日本等其他国家，鹤也得到了特别的礼遇和尊重。鹤在东方受到的欣赏和欢迎，要远胜于西方。这里面其实隐藏着一个微妙问题。无人怀疑鹤的正面形象，但它的君子风范显示出中庸色彩的自制。在我个人的理解上，鹤道德的长相和品格中，缺少强烈的个性，使人只得停留于短短几句的单纯肯定，而不便开展更多的价值联想。鹤的确更谋合东方美学的推崇，而与西方强调个性和自我的观念相佐，梭罗所谓"杰出的恶胜于平庸的善"，显然要被鹤及鹤的爱好者们所弃。是的，鹤看起来就像中庸得已经平庸的善，而不仅仅由于便于骑行的高度，才被那些更有法力的人——神仙们呼来唤去、骑行驾驭。

　　乌鸦飞着，这滴黑暗的浓缩液降低了光明的纯度。回巢的鸦群又像是四处溅开的墨水，弄脏了整张天空。终于，夜晚展开乌鸦一般的巨翼，盖住天堂的光线。

　　鸟最重视羽毛。即使色泽暗淡的鸟，也利用一些斑点的变化和明暗的对比来装饰自己。乌鸦这个彻底的个性主义者，不仅全身穿着单色的衣装，而且采用纯粹的黑色，它以为自己是谁，跳舞的安娜吗？那一美誉应属于红唇的黑天鹅。不知乌鸦的行为是否出于一种嘲讽和戏拟？

　　必须承认，乌鸦是不受欢迎的鸟儿。它的出现总让人产生不祥的预感，据说它的叫声里含有一种诅咒的力量。就像拜访爱伦·坡的那只著名乌鸦，站在智慧女神的雕像上，重复着唯一的"永不再"，来对答诗人所有的探询。这一阴郁的谶言或咒语，激起了诗人的烦恼和憎恨，乌鸦也被他痛骂为"恶魔"。谁不喜欢听好话？乌鸦却做出最逆耳、最冷酷的断语。难怪中国一些地区管那些讲话难听、令人厌恶的人叫"乌鸦嘴"。乔叟在《坎特伯雷故事集》里倒是替乌鸦辩护过，说"乌鸦是一种由于说了真话而无辜受罚的动物"。但这不能扭转乌鸦在寓言中反复充当反面角色的命运。

乌鸦还被认为与死亡有关。它是服丧之鸟，好像一块形状奇异的黑纱，散布着死亡的浓厚气息。据说乌鸦是死神的仆吏，专门负责传送唁电，谁家门口的树上集合着乌鸦，说明这家刚刚失去人丁。乌鸦也在墓园建立集体宿舍，因为它们迷恋这里的悲凉气氛。我发现喜鹊也喜欢墓葬之地，到处可见它们宽大的家宅，也许因为这里死者寂寞，可以保证它们及子女的安全。真是奇怪，人们很少提及喜鹊的家庭住址，即使听到喜鹊在公墓里大声喧哗，也把它当作布道的牧师，让它把那些苦苦奔波的浪子，接回死亡宁静的故乡。听到乌鸦同样高昂的讲演，人们却想着去找石头。

我们不得不承认一生中的宿命因素。比如残疾婴儿，从起点就注定他更曲折的成长。乌鸦因为天生的遗传原因，使它的形貌受人歧视和贬斥——就像在持续的心理伤害中长大的孩子，不难理解它为何变得这么乖戾。

科学家经过对乌鸦的观察和实验，证实它其实是一种智商非常高的动物，这是被我们的成见所一直忽略的。据统计，乌鸦的食物种类多达六百多种，它具有神奇的消化系统，擅于把混乱复杂的元素为己所用，这让我联想起取材芜杂的先锋艺术家。顺着这个思路想下去：乌鸦锯齿形的翼边好像故意剪出来的，如同它们穿着披丝挂缕的黑亮夹克……想起乌鸦狂躁不安的叫声、叛逆不驯的形象，以及古怪的性格特征、冷僻的个人嗜好——是的，我看乌鸦是个后现代派。

E 部

善良与无知的结合往往意味着悲剧的开始，它已为恶的孵化准备好适宜的温床。一对伯劳忙碌着，沉浸在即将做父母的喜悦中。它们不知道，一个不动声色的阴谋业已酝酿成形，现在它们正以自己的体温使之日益壮大。

杜鹃的寄育性广为人知，它不会筑巢，于是便把卵产在别人的巢中。这个笨拙且自私的母亲，就像抛弃私生子一样，生产之后迅速弃婴，然后在旁边隐匿起来。杜鹃具有魔术般的本领，它可以根据寄主的不同，来改变蛋卵的大小和颜色，直至以假乱真——我们难以理解这种诡异的改变，罪行会在最不可能的地方找到渠道。于是这枚赝品的蛋潜伏下来，寄主误以为这也是亲生骨肉——不要以为恶具有魔鬼般易于辨别的胚胎，恶在初期未暴露任何端倪，它是平凡的，甚至看起来如此孱弱。

十二天以后，杜鹃雏鸟破壳而出，一种犯罪的遗传本能开始作祟。它把同巢的卵或雏鸟慢慢拱到自己背上，然后猛然直立身体，把它们一个一个摔出巢外，直到独霸全巢。其实，恶比善更关注别人，因为必须建立在对他人的侵害上，才能成就恶的业绩。杜鹃的孽子茁壮成长，而伯劳所有的亲生骨肉都被残害了——一个恶的诞生要葬掉数倍于它的善，来做肥沃的底肥。杜鹃的养父母并未察觉眼皮底下的谋杀，依然不辞劳苦地哺育着仇人，甚至这个怪异的孩子已比自己大了许多倍，也丝毫没有引起它们怀疑。我不知道是否善所持的美好愿望和慈爱本性，使它携带着如此巨大的盲区，我只知道，如果没有善无知或被迫的配合，许多恶就只能停留十恶忿和恶意，而不会变成实质性、破坏性的恶行。

半个多月以后，杜鹃雏鸟已膘肥体壮，它抖抖羽毛不辞而别，全然忘记了养母的恩情。伯劳、画眉、柳莺……众多的善鸟年复一年充当着养父母的角色，捐献自己的孩子供杜鹃杀害——而这后面，并没有跟从一个觉悟之后的复仇故事。这竟然是大自然的法律，犯罪不需要偿付任何代价。

我认为杜鹃是品性最残忍的鸟。隼是食肉性的鸟，但是它不在自己的屋檐下捕食。因此，一些从俄罗斯来到北极育雏的红胸黑雁，大胆地将巢建在与天敌隼比邻而居的地方，这是为了让狐狸慑于隼的威力，而不敢接近自己的孩子。这是一个危险的技巧。但即使雏雁从隼的巢边经过，隼也恪守着原则绝不去碰它们——其中显然有种别样的磊落。杜鹃不然，它破坏了最基本的道德，其卑鄙和冷酷无可辩驳。

然而，与此有着鲜明对比的，是杜鹃赢得的好名誉。声声啼血的传说，指认杜鹃为蜀帝的冤魂所化。还有的说它是忧心报国的志士、肠结乡愁的游子或哀情哽咽的佳人。春末夏初，杜鹃的四声鸣啭，好像是在催人赶上农时"快快布谷"，所以杜鹃又叫布谷鸟，据说谷穗和福祉会随它恳切的劝告一同到来。没人追究以往的血案，农人们满怀欢迎地聆听它的啼啭。并不是杜鹃带来了阳光和雨水，但它选择了适当的时候，选择了适当的声音，所有的功劳便尽归于它。不是创造，而是利用——从中我们看到奸雄得势的捷径和狡计。

1996 年春天，一对杜鹃停落到北京安贞桥附近。后来，雌鸟被人下网捉走，雄鸟便在上空悲切啼叫，数日不止，直至声音嘶哑，仍不肯飞走。这让我在习惯的气愤中停顿下来。没有一个坏人会是千疮百孔绝对意义的坏，所有的形象都是立体的，不能被框入一个狭小的人为概念——因此，我必须辩证地看待每一个人，甚至是一只鸟。

孔雀是个绝对的唯美主义者，在鸟类中拥有登峰造极无与伦比的美貌，谁也不能像它那样天生穿着华丽的晚礼服。它体现出强烈的宫廷色彩，让人想起巴洛克建筑，或维多利亚时代的舞会——孔雀耐心地把美安排到最微小的细部。窥见孔雀，你会因此相信神话的真实存在。

孔雀展开无比灿烂的尾屏，这是它独特而著名的求偶方式。不像我们在电影中经常性的"男追女跑"，这样大动干戈的体育动作很是矫情，两人累得呼哧带喘，毫无美感和情调可言。孔雀也不像兽类那样进行决斗，双方撞得头破血流而后快。孔雀不诋毁也不攻击情敌，不追逐也不强迫爱人，它只是依靠自身的魅力来吸引对方。这么漂亮的孔雀绅士，它所采取的求爱方式又是多么含蓄、文明且自尊啊！

遵循鸟类的分配原则，孔雀中也是雄性更具丰采，雌性羽色暗淡。我曾在几年前的一篇散文中歌颂过雄鸟的美德，说它集外貌、力量、勇气和智慧于一身，既不乏与情敌决斗的骑士气概，又在营造小家时成为建筑能手；它懂得女性的心，为其大唱情歌、殷勤送礼，还会温情为女伴梳妆；在孵育与哺养孩子方面，这位细心的爸爸也历尽辛劳。我借此榜样力量，劝慰周遭男人的牢骚。而现在，我要补充颂扬雌鸟的母性光辉。

灰暗的平庸羽色有着很强的伪装作用，雌性借此在险恶生存环境中隐蔽自己，以此逃避天敌的追踪，来保全孕育中的孩子。世间的牺牲有两种，一种是剧烈的，体现为显而易见的行动；另一种是平静的，它如此不动声色，以至他人不曾发现牺性的存在。但后者同前者一样，都要损伤本来平稳的命运，有时甚至损伤得更为彻底。我们身边的"绝代佳人"，为维持身材终生不孕。不具红颜的雌孔雀没有这样的心机，但它们的蒙昧里却有更多的无私与责任感。正是出于对这种美德的尊重，雄孔雀以卓越的美貌和努力来表达对雌性的爱慕。

什么都有特例，我想起了发生在红瓣足鹬身上的角色转换：雌红瓣足鹬不仅比雄红瓣足鹬靓丽，而且也是由它来主动追求雄性的。从中可以概括出一条规律：总是光彩的追求平淡的，华丽的追求简单的——似乎朴素才是大自然最高的美学原则。

前些年，一位留法归来的艺术硕士在南京创办了孔雀园。美质与艺术具有天生的亲和力，她几乎放弃了一切，所有的时间只用来和孔雀朝夕相伴，其间的切身体验难以言表。后来我看到一则报道，说几条恶狗从孔雀园的围栏隙处闯入，咬死数十只孔雀——数量之大，远远超过食量的必需。这是具有强烈视觉冲击力的画面，美引起恶本能的占有欲、破坏欲，或曰仇恨。

这个世界，美位于靶心的位置，其余的都在外环。

我想告诉你们发生在 1996 年底的一件事情。

12 月初的一个早晨，我被一种奇异的鸣叫声唤醒。这声音和蟋蟀的振翅声有些相仿。经过仔细辨别，我发现窗前的杨树上落着一些奇异的鸟儿。它们的形体要比麻雀大一些，喙短小，喉部和眼睛上方为黑色，尤为特别的是，它们的头顶有威风凛凛的羽冠。从远处观望，很容易把它们看作平凡的鸟儿，但当它们整理羽毛的时候，无意间展示了翅膀的内部，可以清楚地看到翼上的彩色横纹和斑点，以及一个鲜艳而别致的红色烛斑。暗色的尾部末端有一圈明亮的黄边，微微打开时，就像一把优美的折扇。它们把美丽藏得多么好。

它们大约有十几只，是为了体育馆旁的两株灌木而来。冬天光裸的枝条上，星星点点的果实奇迹般地点缀着。这些鸟轮流从高处飞降，几乎没有扇翅的动作，像是下坠的自由落体，只是到了果实跟前，才强烈地拍动几下翅翼，仿佛在为果实的美妙而鼓掌喝彩。落到树上的所有的鸟儿都保持了同样的姿势——面对太阳，长时间一动不动。我更愿意相信这是一种虔诚的仪式，它们表达着对太阳的感恩，就像信徒饭前的祈祷。不断有人来到体育馆旁聊天、锻炼、谈恋爱——他们不知道自己喋喋不休的对话是多么缺乏礼貌，他们粗鲁地打断了小鸟的宴会。但是小鸟们很耐心，它们在高高的树梢上安静地等待着。

当天下午我去了图书馆，我想确认这种神秘鸟儿的身份。通过文字上的形貌描述，似乎这种鸟儿最符合"太平鸟"的特征，但我不敢肯定。直到我翻开一本厚厚的鸟类图鉴，清晰的照片才使我确信这冬天里的奇迹。"太平鸟"，多么安详动人的名字，这是神对我的恩泽。

下午四点回到家，群鸟已经散去，这让我有些怅然。我忽然发现枝丫间还留下了一只太平鸟，它一动不动。我猜它之所以迟归，大概是因为人为的干扰，使它没有吃饱吧。天越来越晚了，游戏的孩子逐渐散去，可它还是没有飞走。

暮色降临，浓重的黑夜囊裹了一切。太平鸟黑色的剪影，逐渐和大树融为一体，就像是一个普通的树突。谁也不知道一棵树收留了什么，它巧妙地藏起一个夜晚的秘密。

这夜很冷，伴有大风。我用温度计测量了一下，零下六度。我知道这个可怜的孩子，被巨大的黑暗扣留了。一个曾有农村生活经验的朋友告诉我，大多数鸟都患有夜盲症。他小时候常和伙伴们一起，拿着手电去捉迟归的鸟。手电的强光晃过再突然熄灭，鸟有时甚至会从树上掉落下来。去鸟巢掏鸟也变得格外容易，不具备夜航能力的鸟惊慌地蜷在一起，束手就擒。我想着这只太平鸟是怎样孤独地面对异地的陌生与恐惧，面对黑暗的重重包围与压力。什么原因使它单独留在这里？我不安地猜测着。是否它具有离群索居的个性，主动游离了集体？是否它违背了某种戒律，在这里接受惩罚？是否群鸟已经过境，粗于算计的鸟儿遗落了它们的兄弟？——隔着玻璃窗，我怀有不能抵达的友情。

第二天早上，天不亮我就起床了，我想看到它重新起航。光线渐渐清晰了，麻雀行色匆匆地来往着，可这只太平鸟却一动不动。它是不是被冻死了？直到阳光照射过来，才让我认识到太阳赋予生命的复活力量。它先是慢慢地转动了几下头颅，然后梳啄着被一夜狂风吹乱的羽毛，又小幅度地活动了几下冻僵的脚趾，然后，它又恢复原先一动不动的样子了。

从我昨天看到它到现在，已经整整过去十五个小时了，它丝毫没有离开自己的位置。上午十点了，空气已转暖，为什么它还不飞走？难道因为这棵大树上保留着同伴的气息，使它久久沉浸于怀念之中不能自拔？

看啊看啊，不知不觉，我趴在窗台上睡着了……

就在这短暂的二十分钟睡眠中，我错过了一场辉煌而盛大的重聚庆典。等我睁开眼睛，看见光芒四射的阳光中，枝条上站满了数十只太平鸟，如同大树一夜之间结满了璀璨的果实。它的朋友们终于来了！现在，我明白了，那个坚强而勇敢的小鸟，是留下来的果实看守者，它严格地履行着职责，自己没有偷尝一粒美味。此时，它已不在那个位置上了，在与它外貌酷似的兄弟里，我辨不出它的身影，但我确信它在它们之中。

看着太平鸟欢聚，我看到了存在的幸福，看到世界对忠诚的公正报答。

它 们

在上帝眼里，人绝不是他唯一的子民。因为禀赋智慧，在自然的家园中，人近乎长子的角色，担当着某种家族主脉的承递，及抚饲幼小的责任。那所有盛纳着生命的，都是人类血缘意义上的亲人。

西直门外大街137号，多少年来这都是全北京我最热爱的地方。动物园，几乎介入每个城市孩子的童年，直到他们长大以后把它迅速遗忘。在成长过程中，人总是不断牺牲一些情感为代价来证实他的成熟。毕竟身处"人"的社会，不是动物的国度，我们对同宗都不免伤害，何谈对异类的关爱？已是多年的习惯，我至今常去动物园，带上水果、面包之类，这让我有种错觉——仿若探视病床上的家人，我去看望铁栅后的它们。

我选择一些平常的工作日独自前往，刻意避开节假日。我和它们都向往着相对的安静。公园里有一些幼童，被父母怀抱着、带领着，许多动物的名字将第一次从他们的嘴里发音。更大的孩子们正在学校中，在识字课本的威严面孔下，开始学习抽象的文字来代替这些具体的动物，就像用犯人囚服上的数字代替他们真正的名氏。城市中的动物原本就形同犯人，是被关押的对象。

有时候我去得很早，夜晚的潮气还没有散尽。孔雀收藏着一把绝代华丽的扇子，它们喜欢在这个时刻把它打开。阳光的丝线在扇羽上编织着，光影变幻，璀璨夺目。孔雀是世袭的贵族。收藏善的人是安详的，收藏真的人是有力量的，所有收藏美的人都是高贵的。

鸟类是我喜欢的动物群落，飞翔使它们接近天国，鸟是神所能允许的离自己最近的动物。在鸣禽馆中，不大的笼内集中了几十种绚丽的鸟儿，那种美太奢侈了。坐在鸣禽馆的湖边，看着那些天鹅、鹈鹕、绿头鸭和雁，我有时离开得很晚。禽鸟有的站在岛上，有的游在水里，整个天空就那么空着。鸟儿本是种植在天空的花朵，现在它们落了一地。

和大多数动物一样，鸟类的雄性比雌性漂亮得多。那色彩缤纷、尾羽飘逸的堂伟男子旁边，是它毫无姿色可言的糟糠之妻。只为雌鸟可以生蛋繁衍后代（一些鸟的孵蛋工作都是由雌雄双方甚至是雄鸟来完成的），这位集力量、外貌、勇气于一身，并以宗族利益为重的男子向它的配偶歌唱着、开屏着，营建巢窠，与竞争者展开决斗……我们身边的男人们不停地抱怨立身处世的艰难、义务责任的沉重，可想想看，如果你们在动物界里做男人会比现在累得多呢！在这种要什么有什么就是没有怨言的榜样面前，你们还有什么可说的?! 不过，动物须眉的独当一面虽精神可嘉，但显然不如人类的做法狡猾。由男人来掌握力量和勇气，由女人来掌握容貌和柔情，不仅调动了双方潜能，此种均匀用力方式也推动了社会进步。如果动物采取另一种方式的女权主义，哼哼，试看那时动物文明！

很多人认为动物园的焦点在大熊猫身上。这当然是由于数量的稀少，如果多得像草原上的马，熊猫掌会像猪蹄一样成为菜肴，决不允许它每天穿着双色皮袄躺在豪华套间里睡大觉。

我从小就对熊猫感情泛泛，不觉得喜欢熊猫就表现了爱国情操。这种臃肿、单调又懒散的动物，被人们称为"活化石"，的确，当今时代人们忙碌、疾捷又多变，熊猫的品性显然是古代习惯的侥幸存留。

熊猫面临灭种的危险，我积极赞成对其给予特别保护，就如同对一个身患绝症的人进行最大的救治努力。熊猫的处境与它低效的繁殖能力有关，它少动寡欲，好不容易受精产下幼仔又极易夭折。动物的繁殖能力在很大程度上，已决定了它们在世间的比例和数量。神在造物时做了诸种精细的安排，流露出他的偏袒：一枚桃核可以结出满树茂盛的果实，而男人在性爱中难以计数的一次精子排量只产生一个孩子。尽管如此，人还是像细菌一样肆意繁殖了起来，可见人是上苍的逆子。

即使灭顶之灾迫在眉睫，熊猫依然从容。据说它在野外的奔跑速度并不像我们想象得那么慢，可惜在动物园里十有八九看到的是它可掬的睡态。许多动物都在紧张的生存环境中进化着、变异着，熊猫还是不紧不慢地行走、睡觉。因为迟缓数量才少，因为少才得以保护，因为得以保护熊猫可以延续着它的迟缓——如斯循环，熊猫仿佛从起点就明白了终点。再看熊猫的"无为而治"，它简直成了参悟佛道的高人。

当然，任何生物不可能绝对"以不变应万变"，熊猫的饮食结构曾由肉食改为草食。我主观上觉得不是由于食物的短缺，因为几乎在任何时候，可以成为肉的东西都比某种特别类型的植物要容易寻找得多。熊猫好像突然厌恶了杀生，转变为非暴力主义者。

我的确对素食动物有格外的偏爱。我们习于把人的道德标准认定为放之四海的原则，比如，把肉食动物狮、虎、狼、豹视为凶恶残暴的代表，把草食动物鹿、羊、兔、牛视为温和良善的象征。以食物的选取来判定品质有偏颇之处，动物的天性不该武断地被分割为善恶两派，但其中又的确存在某种对位关系，所以人有些好恶也是可以原谅的。

肉食动物以草食动物为食粮，就像恶以善为营养。善滋育着恶的蓬勃生长，同时抑制着恶的无边蔓延，这奇特的二律背反关系埋藏在道德法则的深处。当狼吃掉羔羊，它揭示了善恶的两种走向：善是以牺牲自己的方式来成就善的，恶是以壮大自己的方式来成就恶的。有时我觉得善的传播依靠一种基因关系，只有血亲意义上的温良之辈才能继承和传递；而恶近乎传染病症，它的扩散不需要苛刻的条件。这就易于推导出令人沮丧的结论：恶在力量上强于善。

可是仅凭力量能够决定最后的输赢吗？我记得小时候读过泰戈尔的一句诗："那使鹅卵石臻于完美的，并非槌的捶打，乃是水的轻歌曼舞。"

我对大象的热爱由此而来。人的性格易于被自己的体积所左右，魁梧高大的人果敢刚猛，瘦小孱弱的人难有等量的勇气。象是陆地上体形最大的动物，但它却是草食，为了维持庞大身体的热量，它长途奔走，花费数倍的精力和时间来寻找食物——相等的热量本来可以从一只动物的身体上轻易得到提供。相反，象群在野外常会庇护被追逐的鹿麂。在动物园的说明牌上，有一句话这样说"它不畏任何强敌"，其中的情感成分已逾出说明的范畴。亚洲象的心律每分钟在二十到五十次之间，这低缓、有力的心跳令人动容，因为其中包含着伟大善者面对世界的坦白与从容。

提到肉食动物，我首先想到的总是豹。博尔赫斯在小说中曾写道："我想象着时间的第一个早晨，想象我的神把他的信息委化于豹子生动的皮毛上……"豹纹的规律和形状代表着神的一个永恒无垠的秘密，它简直是不可释读的，因为"神只讲一

　　肉食动物以草食动物为食粮，就像恶以善为营养。善滋育着恶的蓬勃生长，同时抑制着恶的无边蔓延，这奇特的二律背反关系埋藏在道德法则的深处。

斑纹

个词，而这个词应兼容并包。神说出的任何词不能次于宇宙，少于时间的总和。这个词等于一种语言和语言包含的一切，人们狂妄又贫乏的词，诸如整体、世界、宇宙等都是这个词的影子或表象"。

豹子是长得最精简的一种动物，它的肌肉布置、组织结构都是为了速度设计的，除此之外的一切都被剔除了。豹子甚至克制食量以保证身材、维持速度。

正如废墟的成立是仰赖时间的，一些词语的建立括含着浓重的速度因素，比如激情和安详，发展与衰落。速度决定了很多事物的性质。悲伤在低速时只是不悦，在高速时才发展成绝望。情感速度的骤增，使友谊裂变为爱欲。由于速度的关系，脆弱的蛋卵成了人们相互攻击时抛掷出去的有力武器。弱小驯良的动物没有任何攻击手段，只能依靠速度来解救自己。

静物也是有着速度的，它们与时间等速。水果的皮肤匀速地出现了皱纹，这就是时间速度的外在显示。任何事物都具有自身与时间的双重速度。当我们把豹关在笼子里，剥除了它的外在速度，就等于剥除了一切，因为豹子的生命就在于体现速度精神。笼里的豹只剩下内心的速度，这是静物的速度，是时间的速度，也是死亡的速度。

如果说豹是速度骄傲的持有者，乌龟就在它的对立面上缓缓爬行。龟与龙、凤、麒麟同为中国古代四种吉祥动物，但龟有独特之处。龙、凤和麒麟都隐身于虚妄之中，它们依据绘画、文字和传说建立真实感，受到了人们的尊崇和膜拜。温钝的龟由于钟情人间而在生活中显了形，并由此带来了恶劣的后果——"乌龟""王八"成为人们相互辱骂和诅咒的最常用代名词。除此之外，它还被奴役为重体力劳动者——我们经常看到石龟背着碑碣的景象，在传说中它被称为赑屃。别人的荣光沉重地压住龟的自由，它坚硬的背甲永久充当无奈的盾牌。这就是吉祥显形的代价。中国人早就得出"大智若愚"的论断，不错，对于优秀于众类的人来说，应在人群中谨慎收藏自己的光芒，而不要轻易显示出锋利，否则将支付昂贵的代价。

乌龟是两栖动物，听起来似乎比别人多了一种生活的路数和可能，实际上乌龟减损了沉浸于中的双重快乐。并且，乌龟既不能一直待在陆地上远离水，也不能一直扎在水里不上岸呼吸，被困在任何一种景况里都会导致乌龟的死亡。有仙风道骨、神话血统的龟尚不能在水与陆、人间与仙境之间从容往返，何况人呢？所以在物质与精神之间、在现实与梦想之间、在俗世与佛界之间，人的过渡也往往面临危险。

与用乌龟作为骂词类同，我们还可以发现一些有趣的成语现象，在这些成语中，人和动物的地位高低、秩序前后被鲜明地排列出来。语言是人类的专利，他当然有机会"近水楼台先得月"，把一些美好的形容词贿赂到自己名下。

比如说"低人一等"。且撇开它的实义，当注意力着眼于字表的时候，人类的沾沾自喜就跃然纸上。但事实上，人在体能与技巧方面恰恰常"低动物一等"。有一种鱼被训练来觉察石炭酸，并把石炭酸跟 p- 氯苯酸区别开来，两者的浓度差仅为十亿分之五；啄木鸟可持续以每小时两千公里的速度冲击树干；假如一只雌蛾一下子喷放出液囊中的全部蚕蛾醇，理论上它能够立即吸引来一万亿只雄蛾……人的优势在于他的智慧，他可以用工具、机械来增补感官、体力和技能，但如果离开这些技术武器，让人和动物站在同一起跑线上，其劣势显而易见。

"禽兽不如"表面上看是对人的唾弃，实际上是把禽兽行为作为极低的比较标准来看待，暗含一种欲扬先抑的修辞效果。"禽兽不如"表现了兽性对人性的污染和侵害，这里的"兽性"和"人性"采用的都是流行学和世俗义上的概念。此种对词性的褒贬局部反映了人对自己的歌功颂德和对动物的羞辱污蔑。我的一个热爱动物的朋友在他的书里列举了大量真实的例证：雏燕出巢后，在野外会受到任何一只成燕的照顾；一群骆驼抚养了死于沙暴中的阿拉伯牵驼人的两个婴儿……

关于这点，我不会忘记一只长颈鹿给予我的细腻温情。我喜欢喂饲一些我喜欢的动物，我知道这是非法的。有一次，我带了苹果给长颈鹿。它的笼子太高了，我无法投递，只好把苹果切成块，从网笼下面扔进去。这种天生没有声带、受了伤也永不呻吟的高大动物，以优美的弧度垂下它的头颅，因为苹果紧贴地皮，它必须困难地劈开双腿、尽力低头才能吃到。长颈鹿的心脏约十公斤重，血压是人的三倍。我为这位高血压患者能这样费力地接受我的食物而感动，在它吃完苹果以后，我又送进去一小块巧克力。这次它在地上反复寻找着，但很长时间都没有发现所需要的食物，原来巧克力的香味并不适合它的胃口。但它相信我的确为它送来了某种食物，最后它捡起了一根干树杈儿。这根树杈儿干枯已久，几乎呈直角，上面布满了坚硬的树疤和棘条，但它以为这就是我最后递过来的食物。长颈鹿把它放在柔软的舌头上吃力地咀嚼着，而它温柔的眼睛始终感激地望着我！我的眼睛忍不住潮湿了……

我们对动物常常不能给予对应的体恤。在动物园随处可见人们拍打着铁栅或玻璃，以惊醒那些沉睡的动物，使自己得到一番动态的欣赏。人啊，你们每个星期都享有两个假日，而这里的动物日复一日、年复一年，几年，几十年……从来没有一天休息过，请理解它们的疲惫，请不要打扰它们可怜的合理睡眠。

有的动物在猛烈的声响中依然沉睡，也许它们太累了，也许它们早已习以为常。这麻木里埋藏着迁徙的悲哀。在野外生存环境中，它们视野开阔、听觉敏锐、奔跑迅速，它们时时保持着警觉和灵动，因为它们面对着食品的匮乏、气候的骤变、天敌的追剿、同类的竞争……在动物园里外在危险被消解了，它们在良好的环境、富有营养的食品、精细的照料中被取走了天性。就像许多亚裔移民已变成"香蕉人"，他们的外表是黄的，内心已是白的了，数代之后的移民已难以代表他的籍贯民族，那么，这些在人工繁殖和饲养卜长大的动物还是正宗的和本源的吗？

海豹游泳在小号的水池里，好像缠足里的脚趾。把身姿灵巧的梅花鹿关起来，它们修长的腿是四根拐杖。熊本是相当凶猛的动物，现在它们作揖、鞠躬、旋转笨重的身体，为了赢得游人两个手指头捏住的一点点面包。去动物园这么多年，我几乎没听过虎啸，我想即使有，也近于呻吟。

当然，动物园不可能是动物的乐园。我们需要建立这样一个集中营，让孩子们反向地从中建立对动物乃至整个生物界的知识与爱心，但我始终觉得放养相对更人道一些。动物园里，动物在孩子们的快乐中安置自己一生的被囚时光，不论主观上是否愿意，对于它们的种属群落来讲，它们这些"人质"已形同朴素的英烈。

在真正的死亡到来之前，它们以漫长的一生在动物园里预演着死亡。动物似乎都有这样的本能：寻找隐蔽的地点独自死去。可惜动物园里的动物不享有死亡的隐私权，它们所谓的隐私全暴露在橱窗里。

　　天堂中有那么多可爱的飞鸟，除非使用了枪，否则我们谁也不会看到它们飞着飞着栽下来。鸟禽告别生命之前，要留出足够的时间寻找僻静的石堆或植物丛，来掩藏自己的遗体。医学家、生物学家刘易斯·托马斯在《细胞生命的礼赞》一书中这样记述："即使体积最庞大、最令人注意的动物到死亡之前也设法隐蔽自己。假如一头大象失检死在明处，象群不会让它留在那儿。它们会把它抬起，一直找到一个神秘的地方再把它放下。大象如遇到遗落明处的同类骸骨，它们会有条不紊地一块块将它们捡起来，在哀思绵绵的纪念仪式中，疏散到邻近的大片荒野中。"

　　动物对死亡理智妥善的处理方式，使我们有理由相信面对死亡它们并不恐慌——同样的问题，几乎是人类与生俱来的忧惧。动物的行为似乎说明，在绵延无限的生命诗章中，死亡只是小小的标点，在朗诵的时候是一个换气的位置。动物体面地自我匿尸，传达出保持个人隐私时应有的内心羞涩，也是它在其他鲜活生命体前的善意辞呈——死者安静地消失，不劫持我们的缅怀，它希望生者的视线里依然是欣欣向荣，而非满目疮痪。这是它留给生者的最后祝福。

越来越多的动物的死亡被侵权，因为人借穿了死神的外衣，好像披着羊皮的狼。人是世界上最可怕的杂食动物，他对食物几乎不加选择，他的嘴是世界上最大的陷阱，牙齿是最小最利的刨刀。所有动物都陈列在一只硕大无朋的餐盘中，因为它们的芳名早就上了菜谱的黑名单。整个自然仿佛就是人类饲养家禽的后院，他随时会像拎出母鸡一样把几种物种送上断头台。

百年前，旅行鸽是世界上数量最多的鸟类之一。据说，鸟群飞翔时可以形成长五公里、宽两公里的方阵，曾是美国富饶的一种象征。而它肉质鲜美，这最终改变了它的命运。旅行鸽被大量猎杀，仅密歇根州的猎人就曾在一年内为城市提供了三百万只鸟尸。这种背部有花纹、腹羽为红色的可爱鸟儿彻底灭绝。西蒙娜·薇依曾说："也许，邪恶、堕落和罪恶的本质几乎就是诱惑人们去吃掉美，吃掉只应当看的东西。"

人是物类的强者。吃的行为里显示了强者对弱者的征服力量，那被吃的一定是回合中的败北者。我们不能对人一律贬斥，对动物一律讴歌，因为要想在这个分配不均的世界实现绝对的平等是不可能的，提倡平等精神不过是期待对强者的感化和对弱者的安慰，在近似的平等状态下，已涵盖了强者对弱者的宽宥和让步。聪敏的人类虽是世界的灵物，得到神的格外垂青，但我仍然觉得，人的任何骄傲都应维持在有限的尺度内，当他滥用着某种特权，他实际上正在违背着天恩。

　　我曾在报纸上看到一则报道和相关图片，据称尼斯湖怪兽已被捕获。新闻说，人们用水下雷达搜寻水怪的踪迹，发现水怪共有三头，人们用一枚一米多长的麻醉镖打进了水怪的身体，成功地制服了最大的一头。我不知道这则消息的准确性，但这的确是人类的习惯作风。那是在夏天，我却感到彻底的凉意和忧伤。

　　水怪曾躲过百万年时间的大劫，最终却躲不过人类的眼睛。三只水怪或许是一个家庭，仅存的维持最低数限的家庭，而今我们非法逮捕家庭中的父亲，这可能造成种族的灭绝。"一米多长的麻醉镖"是我们使用的科学凶器——有时科学就像一种伪正义，另一种形式的暴君，它吞噬仁爱，如同钢铁葬送麦田，工业抹杀温情。难道我们与动物的联系只剩下科学？更何况某类科学不过就是庄严化的好奇心，有多少动物为这点好奇心付出了惨痛的代价。

在动物园西侧的鸟笼中，有一只体态稍小的八哥，经过"科学"的剪舌和训练，它习语的速度和准确性令人惊讶。我问它："你是谁呀？"它会回答："八哥。"它的发音永远是降调的，因为不能摆脱被俘的命运，它有难以抑制的自卑和悲苦。它也说"欢迎"，"迎"字在几个音调之间颤抖不定。八哥未必诚挚，这言不由衷的"欢迎"是一个弱小个体在暴力面前只能被迫采取的态度。

动物在多大程度上介入了我的生活？当我回到隔绝于世的书斋，我依然没有离开它们：怀特笔下的小猪威尔伯和蜘蛛夏洛，希梅内斯的可爱驴子小银，儒勒·列那尔那些鸡鸭、鸟雀以及数不清的有趣动物……

秋日的阳光淡淡照耀着，树叶缓缓飘逝下来。我穿着一件熨帖的羊毛衫，坐在动物园的长椅上冥想着。我不知道动物是怎么看待我这个披着羊皮的人，但我知道，我此刻的温暖是动物给予的，是它们脱下了唯一的衣裳，披在了我的肩上。

小地主

它歪着脑袋，嘴巴向上翘成四十五度角——我看不出恐惧和紧张，它的表情就像在示威。可以肯定，这是一只雏鸟，因为它的神态太天真了，有种孩子式的任性。我初见到它时，它正扑腾着翅膀，累得气喘吁吁却收效甚微地停在大树底下。我不知道它是急于成长、想趁父母不在就翻窗跳出家门，还是太过淘气、总在试飞练习中逃课才造成今天的危险局面。我弯腰捡起它，它用小翅膀用力拍打着我的手，并发出带着感叹号的抗议——非常反对！如同外婆威胁童年的我"大灰狼来了"以使我听话，我教育它说："别动，有猫！"

　　它的体形比麻雀大，羽色黑灰，我们宿舍为它的身份争论起来，有人说是喜鹊，有人说是乌鸦。我总结，说它是乌鸦的人肯定出于嫉妒。相信每个人都希望拥有救助小鸟的机会，只不过这次的幸运落在了我头上。我从感情上不希望它是乌鸦，也许这在鸟类看来是种族歧视的表现。面前摆着小米、菜叶和清水，可它不吃不喝，就在那儿歪着脖子生气，也不知道是生自己的气，还是生我的。我质问它："凑合吃吧！难道想让我给你到处捉虫子不成？"它一翻白眼，还是不领情，干脆转过头不理我了。根据它的脾气和对食物的挑剔，我给它起名"小地主"。

为了让小地主进食，我在洗干净的眼药瓶里装上牛奶，然后我拿着它，像一枚导弹一样向它挤射过去。小地主不知何物，大叫一声——它一张嘴，牛奶就灌进去了。我怕热量不够才放的牛奶，我想大象都能靠喝奶长大，何况你这么个小东西。书上说幼鸟在发育期食量惊人，母鸟辛苦奔波，才能勉强满足它们的胃口。如今，小鸟父母的活计让我像个保姆似的代劳了。由于小地主不配合，吃饭的时候我令它斯文扫地。我不得不找一个人专门掰开它的嘴，我往里填，它吃得满脸都是。它昂着半只眼睛已被糊住的小脸，气愤地盯着我。

很快就搞清楚小地主的身份了，因为我们宿舍被包围了。高高低低的树杈上，站满数十只灰喜鹊，不仅是父母，连八竿子打不着的远房亲戚也来了。小地主一看家里来了人，马上趾高气扬，一声又一声地叫起来，也许是告我的状，反正听了它的一番陈述，灰喜鹊们纷纷声色俱厉地指责起来。为了消除扣押人质的嫌疑，我打开纱窗，让小地主自由地站在窗台。显然窗台与树枝之间的距离超出小地主的飞行能力，它张开翅膀，待了一会儿，又理智地收拢了。灰喜鹊家长们似乎不再怀疑我的清白，当我把小地主重新拿进房间，它们没有表示出什么激烈的举动。

对孩子的想念使灰喜鹊们经常来往巢穴和我的宿舍之间。灰喜鹊这种鸟相貌优雅，胸部是柔和的灰蓝色，还拖着长长的动人尾羽，只是叫声高亢、粗实，甚至带点儿沙哑。它们轮流看望小地主，问寒问暖，虽然亲情可以理解，但是制造出一片喧哗——读书看报的事儿在我们宿舍是进行不下去了，午休的美梦就更别想。为了不影响其他人休息，我只好每天中午把小地主带出来。烈日下的浩浩正午，我在空无一人的校园操场上无奈地散步，头顶时常有几只灰喜鹊飞来飞去。小地主已经习惯了我的唠叨，它四处观望，满腹阴谋。一次，小地主格外乖巧，后来我才发现事出有因，它竟然在我兜里大小便——它使我成为一个有味道的女人。午间的户外活动，我一边走一边跟小地主聊天，一个星期下来，我认同了这种说法：牙都被晒黑了。

回宿舍之前，我每天都先到顶楼阳台上站一会儿，看看小地主什么时候敢于飞到那些高大的法国梧桐上去。树冠就像一只巨大而柔软的绿色摇篮在下面接应着，我期望小地主能从中得到信心的鼓励。小地主好像忘了怎么飞似的，再也没张开翅膀一试。把它带回家，我却总怀有一种侥幸的甜蜜：它还需要我的照顾。

小地主的离开非常意外。它在窗台上晒太阳，我在旁边读书，不知是小地主的爹还是娘在对面的树枝上跳跃。就在我低下眼皮再抬起的一瞬，窗台上空了！我一怔，放眼前方，看见小地主正处于抛物线末端的身影落进茂密的叶丛之中。我有点儿难过，它竟然不辞而别。

小地主大约在落脚点寄宿了几天，因为几只灰喜鹊常常飞到这棵树上，我估计是来给它喂食的。小地主一直没露面，它把自己很好地隐藏起来，我想经过这次教训，它开始学习谨慎的生存策略了。

此后，小地主并没有像我希望的和别人文章中描写的那样，有天突然折返，一眼认出我是它的大恩人。校园里成群的灰喜鹊一如既往地自由起落，我觉得自己和它们之间有种秘密的联系。室友们说："这里面说不定就有小地主，你该盼着故人重逢吧？"我鼻子里喷着冷气："那个小没良心的，哼！"说实话，我有虚荣心，也希望小地主是只虚荣心强盛的鸟。就像去过异国他乡的人就有了让听众羡慕的吹嘘资本，鸟群中，有谁的童年曾经像哺乳动物的婴儿似的喝过奶，有谁曾经在人类社会中生活过？这样我的小地主就可以在鸟类里散布点舆论影响，讲讲它的年少经历，讲讲它遇到的人，虽说有时不太温柔，可是心眼儿还不坏。

动物园

金鱼贴近水面，吐出一个气泡。我仔细观察：沉赘的腹部，宽绰的脸，松弛的下巴颏儿……金鱼下撇的嘴唇不住地一张一合，像个爱唠叨的老太太。气泡漂浮了一会儿，破了，这条臃肿的鱼扭动腰身，拖着绉纱般轻盈舒展的尾巴慢慢潜到水草下面。正午的动物园游人稀少，金鱼展览更是观者寥寥。金鱼多么五光十色，多么稀奇古怪：五花斑斑驳驳，珍珠一身疱疹，全像皮肤病患者；狮子头受过外伤似的，脑门上顶着红肿的肉瘤；水泡鼓胀着半透明的眼囊，里面装满液体，所以它有一对严重化脓的眼睛……越残疾的品种越名贵，不知是金鱼颠覆了常规的审美，还是从中映射出人类低劣的趣味。

　　事实上，金鱼起源于普通鲫鱼。受到外界环境的影响，它们体内的黑灰色素体消失或转换成红黄色，迷信的人们把这种红黄色的鲫鱼视为天物，不敢食用，放生它们到寺院的水池。这种习俗使之避免与野鱼杂交，久而久之，形成了第一个金鱼品种。由此可见，最初是不健康的生理变异，和不健康的近亲婚姻，才造就金鱼的现在，造就它们繁荣而备受娇宠的畸形子孙。鱼缸很大，浑朴而沉稳，缸壁内侧附着一层薄薄的苔绿，水面上漂着几叶浮萍。我在一个又一个金鱼缸之间来回走动，这么多缸里至少养活着上千条吧，它们花团锦簇，但是全都悄无声息——它们安静得即便死去也不对世界造成一点必要的惊扰。

每当提到动物园，人们联想起的总是狮虎熊豹，还有大象和猴子。这些兽类或体形庞大，或饶有特色——鱼总是被忽略，因为它们实在缺乏生动的表情和动作。这些水中的孩子，身体冰冷，不会歌唱，也不容抚摸，它们谨慎地游来游去，尽量不碰触彼此的身体，有的甚至连爱情也回避了肌肤相亲。它们大海里的同类亦是如此，千万条组成巨大鱼群，每条都根据邻近鱼只的体位来调整方向，之间不发生丝毫冲撞。

我曾经养过一条金鱼，闪着莹彩的眼睛很像两粒鱼肝油。它整天贴着玻璃，面无表情地张合嘴巴，似乎背诵着什么。一天，我多喂了半勺干鱼虫，这条糊涂的鱼竟然活活被撑死了。它的尸首埋在小树下——活在水里的最终却葬在土里。生活在水中，意味着每时每刻对自己的洗涤；而现在，娇小婀娜的身体沾满肮脏的土，一粒沙子落在依然明亮的眼睛上，和生前一样，它不会眨动眼睛祛除异物。画蜡笔画的时候，我喜欢为鱼添加撩人的长长眼睫，忘了这是一种有洁癖的动物：它全身都光滑，不生一根毛发。死不瞑目的小鱼，风会带走它鳞片上的水滴、眼睛里的光芒。我一边轻轻摇动一枝槐叶，一边自言自语："春天发芽，夏天长叶，秋天落叶，冬天光光。"从根部开始用手捋下整株叶片，指尖就绽放出一朵绿色的花。我把这些椭圆的叶子撒落在鱼身上，愿春天和这条小鱼一同安眠。我没有去想，这条鱼的陪葬之物并不妥当：土和树叶，都是一旦成为生存环境就足以将它致死的东西。最后，我把扁扁的雪糕棒插在小小的坟包上，上面用钢笔写着"小鱼墓"作为碑铭。死于意外，死于胃部的丰收，这是一条因富足而夭折的鱼。

邻居家的三胖告诉我，鱼才饿不死呢，多少天不吃东西都没关系，就怕吃多了，因为它们不知道自己什么时候饱，撑破肚皮是经常的事。这使我得出判断：尽管金鱼的游姿貌似雍容，它们依然是穷人出身。三胖的舅舅是个狂热的养鱼爱好者，阳台上永远摆放着大大小小装满水的桶和盆，放置一两天后，就可以滤去自来水中的漂白成分，用来给鱼换水了。为了不浪费悬浮着金鱼粪便的水所富含的营养，他舅舅还培育了许多植物，它们无一例外，都叶肥花茂，旺盛得有点儿放肆。三胖打赌说，他敢把舅舅的金鱼含在嘴里。我马上摇头。谁知，他当真用纱网捞起一条，小心翼翼放在舌头上，然后闭紧嘴巴。稍一不慎，那条红白相间、疙疙瘩瘩的鱼就可能滑入食道，这让我一阵恶心。它一动不动——三胖后来告诉我说，含着它就像含着一只隔夜的冷馄饨。几秒钟以后，鼓着腮帮的三胖冲着鱼缸一喷，那条或曰历险或曰受辱的鱼迅速游动几下之后，又如无事一般了。金鱼的幸运在于，它们的遗容能够保留着体面的全尸——食用它们不仅是罪恶的，更能给人带来联想上的呕吐感。异端的美给金鱼以禁忌，换句话说，在饕餮者的眼里，正是美，使金鱼失去实用价值。

接触更多的是厨房里的鱼。灰灰的背脊露出脸盆中浅浅的水线，它们最后会在案板上登陆，在餐盘上汇合。银亮的鳞片像甲胄一样穿着在外，里面，埋好一把由骨刺做成的复仇之剑。面临危险，动物大多会有反抗之举，鱼没有，除非死后，以隐蔽在肉中的刺插入食客的喉咙。鱼体上有一条像被手术缝合过的隐约侧线，凭借侧线内的感觉细胞，鱼判断出水流的方向和压力——裁缝预先要在面料上画好剪裁线，我开始错以为这条侧线是鱼为剪刀准备的宿命线。刀尖一捅，厨师的剪子探进鱼腹，一剪，又一剪，逐渐打开它对折得十分整齐的身体……鲜艳的血流经剪子上的锈斑，那锈斑，是无数亡逝的鱼曾经的血迹。摊在地上的报纸湿漉漉的，盛着掏出来要被丢弃的废物：鲜红的腮，细细的肠子，深颜色的肝胆，和不被我们了解的小巧的心脏。鱼就像一只镶嵌珠片的荷包，我们打开它，却扔掉它的珍藏——苍蝇为此匆匆启程，赶赴盛宴。失去鳞表和脏器的鱼，带着几乎与身体等长的刀口，仍然微弱地喘息着……它的顽强令人不快。我喜欢鱼鳔，和其他孩子一样乐于耐心地守候在杀鱼现场，等着获得这件新颖的玩具。洗干净的鱼鳔完全脱离了器官的形式感，看起来与活着的东西毫无关联，就像个微型的气球——我们忘记了，里面残留的气体是它的主人生前存储下来的。无论怎么捏，柔韧的鱼鳔都不易在手里爆掉，除非放在地下猛踩一脚——"啪"，我满意地听到很大的响声。

沙滩搁浅的鱼，衔在海鸟嘴里的鱼，产卵后体力衰竭的鱼，冻结在冰层里的鱼，汤锅中被熬煮的鱼，化石上千年不语的鱼……鱼，千年万年，它们疼痛不发出叫喊、死去不闭上眼睛。我见过一块狼鳍鱼化石，整齐对称的骨刺，就像叶脉那样清晰地拓印着——飘零于很久很久以前的秋天，它是一片不朽的落叶；它躺在千年干涸的坚硬的石质河床，凝固着对一个海洋的怀念。金属穿透岩石只用几分钟，水则需要数万年，温柔的东西往往更有耐心——比如，一条鱼成为记忆的标本。时间是酸性的，腐蚀万物，化石却成为奇迹般逃匿至今的幸存者。大海的子宫养育过许多孩子，谁长得最像它们的父亲？一条化石上的鱼，一个福尔马林液体里浸泡的婴儿，两者相似，它们永不开口说出身世的秘密。

下午两点，一辆卡车开到水禽湖畔。工人拔出后挡板的插销，一车活蹦乱跳的鱼陆续哗哗哗地倾倒进水里。湖面上均匀分布的水禽从各个方向游拢过来，它们的美餐按时运抵。我在岸边捡到一条绯红的小鱼，只有寸把长，它长得这么精致，到底与旁边展览中的金鱼存在什么致命的差别使它不被供养而沦为别人的口粮？倒进湖里的小鱼们慌张游动，以求从凶险的鸟喙中突围；即便这次能侥幸逃生，也无法躲开以后的追剿——与天敌为邻，谁能安全度过完整的童年？对小鱼来说，湖面辽阔，如果没被水禽的阴影所阻挡，它可以一直就这样游下去，游下去……湖水中恐吓不断的童年，玻璃缸内囚禁终生的老年，鱼认为哪种更接近上苍的怜悯？毛羽绚烂的鸟儿吞食着鳞片艳丽的鱼，这景象总让我不太舒服——长大以后我明白，世间最残酷的事并非美被丑所消灭，而是，一种美摧毁另一种美，一种善粉碎另一种善。的确，一片领土只能有一个王，王要有染旗的血，要有用以肥沃土壤的尸体。那个中午，匆促逃生的彩色鱼群四散开来，像礼花一样绽放在水里，也和礼花一样归于转瞬的死亡黑暗。

享用完午餐，鸟开始打理它们的羽毛，午后的阳光使它们分外安逸。水面泛起涟漪，重叠而丰富的纹理构成一种催眠般的梦境。一只天鹅弯折修长优雅的脖颈，把它的头埋在雪白的侧翼下。几只浓墨重彩的鸳鸯无所事事地游动，它们衣着华丽，似乎提前准备好礼服出席隆重的晚宴——暗淡的雌鸳鸯不般配地出现在旁边，像旧式婚姻中的老婆。鹤立着，用铁黑色的长腿，它的身子看上去就像落座于一个高高的金属腿的转椅上；嘴又长又尖，像个镐头，这让靠近鹤的人产生几分紧张。灰雁和绿头鸭，曾经的野外旅行家，正用带蹼的脚足蹒跚地走在岸边，这时的翅膀就像小学生上课背在后面的手臂，多余得不如删去。八哥自言自语，想依靠体内的生物钟判断出几点了。"三点。"我说，但它不肯相信，还是歪着脑袋追问下去。威风凛凛像酋长一样戴着羽冠的鸟在发呆，油画似的热带鹦鹉继续着漫长的休息……鸟群的栖息地一派宁静，连谁偶尔的拍翅声都传递得格外清晰。动物园的鸟与众不同，它们不飞。

果实成熟以坠地为标志，鸟的成熟相反，以升空为标志。天上空无一物，鸟为什么不倦翱翔，也许它们喜欢的是自己飞行时俯瞰万物的角度、处在高远的心胸？上升，上升，直至倾听仙女的歌喉——在通往神舍的道路上从不胆怯，它们没有恐高症。设想某位懒于交通的神想向异域的神灵致以问候，他派遣鸟——他私人的邮差前往。数量、飞舞的阵形、落点的排列方式变幻着，会将他的意图准确传达——每只鸟都状若勘正无误的信件里听话的字母待在应该的位置上。清晨，远飞的鸟群身影依稀，那浅浅的雀斑，使天空刚刚醒过来的脸生动起来。鸟，是天堂的花朵，是结在最高枝条上的果实，也是上帝细心播植的种粒。有鸟飞进的云仿佛柔软的印花床单——黄昏瑰丽，晚霞又是为谁铺垫的锦褥？鸟象征彼岸的光荣、不能实现的梦想。能够抵达的高度之下，都是自由来往的领域，我们由此发现一种有趣的层级关系：许多鸟既可以上天、落地，还可以潜到水里；人在陆地上活动，经过训练可以游泳；鱼是水的囚徒，它在临水之岸尚不能存活，何况氧气稀薄的高空？由此我们推测统辖万物的神必定时常隐蔽地闪现人们之中，他不会轻易浪费他的权限。鸟最邻近神的宅第，谁敢说它不是神的小巧而优雅的坐骑？我们猜测不出鸟确切的身份，也难以了解它见识广博的心胸；无论多么渴望，我们不能和它们一同比翼——鸟提醒着人类的不自由，正如伊甸园里的蛇提醒着先祖的无知。

诱人而稀有的粉颜色，微微向上的弧度——隔着栅栏，我伸长胳膊去够这片鹳鸟掉落的羽毛。它的重量与梦相等，温度和春天一致，我用力吹一口气，它就在气流中旋舞，又轻软地降落在我的掌心。同桌鲍小狄的爸爸是画画的，她们家有几根孔雀羽毛，奢侈地插在一个大花瓶里。我第一次那么近距离地感受那种华美，羽尖上蓝色和铜色交相辉映的神秘眼圈仿佛具备巫术的召唤力量，它们凝视着我……让我一片恍惚。脱离了生命的器官会迅速变得腐烂，但是羽毛不会。鹅毛笔，毽子上的闪着金属荧光的鸡毛，帽子上的别致装饰，填充在被褥的羽绒……即使每天接触的是墨迹、尘土、鞋子、黑暗中的体液，它们依然保持着不可思议的清洁。一个复仇的女孩面对背叛的新郎，用锋利的刀片划开绣着双喜字的枕头，里面的羽毛雪花一样纷纷扬扬——他们怒放的蜜月爱情很快面临冬天。作为一个目睹争执的孩子，我完全体会不到其中的悲怆，只是惊讶枕头里的羽毛会这么多，这么轻，这么干净。倚靠在羽毛枕上睡觉的人就像靠在一只大鹅身上吧，该有多么舒适，从此我向往一只由羽毛填充的松软枕头。羽毛永远美丽，与附着它的血肉无关——鸟的标本与其说展览的是鸟的形态，莫若说是羽毛，因为它的胸腹空空荡荡，这只死去还像活着的鸟早就失去除羽毛之外的一切。经久不息的美使我们怀疑鸟羽被来自天堂的手所赋予——羽毛是神培植的花，而鸟，是神的花插作品。

　　水底有多少大鱼缓慢游动，天上多少小鸟飞快掠过？鸟和鱼迥异，它们天生走着相反的道路。鱼是哑巴，鸟是歌唱家。鱼薄软的嘴唇，鸟坚硬的角质喙。鱼的鳞片好像束缚的紧身衣，蓬松的羽毛使鸟呈现夸张的体积。可以在水中安眠，鱼有随意放置的床；鸟却不能睡在云里——并且，鱼睡觉时依然睁着眼睛，鸟除了关闭眼睑，还习惯把头别在翅膀底下。它为什么就像盲人需要墨镜一样需要双重的黑暗？把鱼举在空中绝非善举——鸟和鱼之间，过着彼此互为灾难的生活。

红狐狸、金翅雀、波浪之下透明的鱼……动物出现在优美而古老的传说、民谣和诗歌里。我的阅读从童话开始，情感启蒙和道德发育也与寓言微妙相关。我私下相信存在说话的动物，它们有意闭口不言，因为身上负有某种特别的身份或使命。星期天，坐在布满冰花的玻璃窗前，手在暖气上烘烤——我获得的不过是短暂的温暖，书上快要冻僵的动物却逼真地比拟出我们一生的风寒。同样热爱童话的孩子，未来的选择未必一致：他们有的要当羊；有的，做狼。

童年的许多美好记忆都在动物园里发生：每天下午三点的海豹顶球表演；袋鼠妈妈和它藏匿中的胆小的孩子；独角犀粗硬的表皮就像很大一块正在氧化的铁板；大象灵活的鼻子卷起青草——人类发明的塑料软管正是模仿了那上面的褶皱才弯曲自如；鹿和羊温情脉脉的湿润眼睛好像含着隐隐泪光，对它们设身处地的同情使我保持善良。动物园里也有平静中的残酷内容，用以体现冰冷的法则。那天，饲养员把一只活鸡扔进狐狸的笼中。两只狐狸偎在一边睡觉，而一只体形更小一些的狐狸沿着铁丝网轻快地跑动——这只鸡是瓮中之鳖，所以它们并不急于享用。每当小狐狸跑动的路线经过母鸡身旁，母鸡都紧张地咕咕叫几声，神经质地错动两只纤瘦的脚爪。狐狸低斜着眼睛，在游戏的微笑中露出磨砺中的尖牙，然后若无其事地继续跑动。这只鸡无处躲藏，只好留在原地等待敌人的下一次微笑。弱者希望天地广大，不过借以获得逃跑的自由；而食肉者自信，只消打个哈欠，再合拢嘴巴，它锋利的牙齿铡刀下自有斩获。

　　猴山总是最吸引孩子的地方。大大小小的猴子有的捡食着游人投喂的面包、水果，它们灵巧的手可以轻易剥开糖纸；有的在链索上悠来荡去，追逐，龇牙咧嘴地尖叫；还有一只放松地躺下，让另一只猴子挑拣皮毛里的虱子，听任对方表现诌媚式的友谊。长大以后我从科普书上得知，一群猴子中所有母猴只能和猴王交配，其他公猴偶尔得到偷情的机会是要冒着生命危险的。领地狭小，但每年猴群都要添丁，寂寞中的肉体享乐留下了成果——酷似得几近孪生的小猴们是否都属猴王的亲子？我看到它们用细得让人提心吊胆的胳膊抓住母亲肢体的一部分，跟随母亲在参差嶙峋的怪石间跳跃。灵长类动物的可爱与可憎其实都来自人类的相像，它们的身体构造、动作表情、血液成分等种种数据，都使人类仿佛照见了哈哈镜中的自己。然而，猴子的戏拟亵渎了人类尊严，使共同具备的弱点以如此鲜明直接的方式呈现在大庭广众之下，这些本来可以由人类单方面安全地遮掩起来。比如背叛。一只挑战的猴子与老猴王争夺王位，一旦决出输赢，本来袖手旁观的众猴会一拥而上，争相撕咬失败者，驱除它远离猴群——即使它几分钟之前还是众望所归的领袖；如果猴王没有及时出逃，它身上会落满它曾经子民的齿印，鲜血淋漓，最后孤独地毙命。这些"乌合之众"之所以恐为人后地下此毒手，并非出于对老猴王统治的积怨，而是要极力表白对新主的效忠。还有一个古代寓言说，吴王命人向丛林中射箭，其他猴子四散而逃，只有一只不慌不忙，用手接住空中的飞箭——它因而得意扬扬。于是吴王命令士兵乱箭齐发，猴子终于死于不合时宜的过于张扬的炫技。事实上，人类普遍的炫耀通病经常会以自豪之名弥散开来，即使他引以自得的不过是引人发笑的小伎俩。

从孩童到成人，我在情感好恶上反差最大的动物就是猴子。我曾热情地在口袋里塞满食物，检票员刚一撕开副券，我就不顾父母的制止一路飞奔，赶去喂猴子。我甚至为它们留下舍不得吃的苹果，为其中几只我偏爱的猴子起了小名。但是，我现在对猴子无甚好感，既对它们活泼时的喧闹不感兴趣，也不喜欢它们安静时的无聊神情。作为一个孩子我无知而脆弱，我承认，那幕令人羞耻的场景瞬间彻底修改了我的态度。

那次，我和鲍小狄一起去动物园——我们班教室维修，学校特例放假。想起全国没有生病在床的孩子都在教鞭的指挥下，而我们却在动物园四处游逛，我和鲍小狄高兴死了。我们无所顾忌地疯跑，在圈笼之间玩起了捉迷藏。动物园好像从来没有那么少的游人，尤其，几乎没有像我们这样高年级的小学生，全是被父母抱在怀里不谙世事的小不点儿。一个东北口音的阿姨奇怪地问我们为什么没有上学，鲍小狄故作叛逆地撒谎说：我们逃学了。当然，我和鲍小狄都忘不了此行的重点，去猴山喂猴。我们边吃着爆米花和果丹皮边往猴山走，还互相提醒着：别吃了，给猴子留点儿。

靠近猴山时，两个孩子看见了什么？下午明亮的阳光照耀，一只公猴蹲在假山上，它兴致勃勃拨弄着自己的生殖器。我和鲍小狄瞠目结舌地站在那里，狼狈得不知所措。而那只在高处的公猴挪动了一下身体，更清晰地暴露出醒目的器官，继续恬不知耻地沉浸在手淫快感中。

　　人类从打碎的镜面里看到了自己。本来处在进化论前端的人类现在成为外围的旁观者，猴子从中心静悄悄地颠覆了秩序。它在本能享乐中公然揭开我们端庄之下隐藏的深重秘密。它甚至被抬升到高处。

海平线

海，一间神秘的地下贮藏室，布置着深蓝的光线。

I 鳞片

1.1　鱼没有表情，没有声带，让人难以判断它所具有的感情。我小时候不喜欢鱼，觉得它平庸无趣；有时我又认为鱼太过傲慢，因为你对它的赞美和宠爱得不到任何反馈。

农贸市场杀鸡的人手脚麻利，可是垂死的鸡挣扎不已，扑腾翅膀扇动起尘土和凌乱的鸡毛。我曾看见一只鸡挣脱了屠宰者，带着被割开一半的滴血的脖子在人群中奔跑……逃亡，只会使酷刑和死亡过程进行得更为痛苦，但每只鸡都无望地奋争着。隔得不远，鱼贩的杀戮静寂而从容，除了面对刀锋的本能恐惧让鱼有一些轻微的痉挛，以及削刮鱼鳞的一点点声响以外。银闪闪的鳞撒落脚下，越来越多，像小小分币，像孩子的财产。一条又一条，鱼以自己的死为凶手积攒财富。

海里鱼群游动，好像上演一台大型芭蕾舞。它们听命于一种神秘指挥，或者一种天生的神奇的沟通能力，成千上万的鱼姿态一致：上浮，下沉，加速，忽然的停顿，甚至转弯时身体也保持着统一的角度。据说这是为了迷惑掠食者，增加逃生的机会，即使鲨鱼冲进鱼群造成短暂的混乱，它们也会迅速调整自己重归集体的节奏。我从来不理解这种谋生智慧，依我的偏见，大规模行动不仅易于吸引掠食者，也降低了捕食难度。也许，在浩大、冰冷、幽深的海洋，不说话的鱼需要相互依靠：死在一起的幸福将抵消死亡本身的灾难气息。

或许鱼的眼泪掉在水里，海水的味道才是咸的。我们没有见到正在腐烂的鱼尸；一旦死亡，它们也像泪溶解在水里，不留一丝痕迹。

1.2　它是公主，优雅地步出寝宫。穿着紧身的、镶满闪亮珠片的晚礼服，长长的，拖着华丽的裙裾……一条美艳的鱼，独自出席水晶宫里举行的小型舞会。

它是流亡的贵族，对热带故乡的怀念使舞步里带着一些轻缓的哀愁。旋转，然后停住，收拢脚尖。优美的狐步如此灵巧，如此不落痕迹，它的肢体如此没有障碍，以至引人怀疑：它，根本就没有腿？

说得对，它展示鱼类的美学典范。童话里的人鱼不能说话就无从表达、无法交流，只有她才会做出一个文盲的愚蠢决定：竟然向往分岔的两条腿，多么粗鄙的爱好。

——最低限度的氧耗，使水族箱里一条幸存的单身鱼，梦想得越来越庄严。

那平静的屋顶……

——瓦雷里《海滨墓园》

1.3 在浪也不能推动的寂静深处，在无人知晓的幽暗里，鱼绚丽如花，并听任举世无双的美被默默消耗。真正的美，是一种内在的自觉，一种感情选择，而非出于生存和虚荣的要求。为了捍卫美的尊严，它们才孤独，像深海的鱼鳞，密林中的豹纹，内心的善。

1.4 小溪，河流，湖泊，海洋……生活在柔软的液体容器里，水的边界就是鱼的边界。不同于玻璃缸里的囚徒，海洋里的鱼拥有自由——什么是自由？就是你永远不会走到边界的领地。当然，所有的自由都隐含着某种附加条件，以示局限，以示万物与神的区别——其实我怀疑上帝的自由也有条件：比如，不暴露自己的脸。

但是，任何领域都有逾矩者，如果他们没有受到严厉的惩罚，就将获得额外的好处。犹如鸟群翱翔，飞鱼们展开胸鳍，展开壮丽的飞行。一位诗人说："鸟以为把鱼举在空中是一种善行。"——当然不是，除非鱼自觉自愿地飞行。风力适当的时候，飞鱼能在离开水面四至五米的空中滑翔两百至三百米。当处于抛物线的末端，飞鱼利用全身尚未入水的一瞬用尾部猛烈拍打海浪，这样它就会重新起飞。生物学家曾经认为，飞鱼滑翔可能是为了逃避敌人的进攻，或者是由于船只接近而受到惊吓，但后来人们发现，飞鱼常常无缘无故地起飞。问题是，它飞行的距离和目的地，凭借游泳同样能够抵达，甚至，飞鱼的群体行动会招致海鸟守株待兔式的捕猎，那么，这种不是出自生存必要的、带有危险性的技巧用意何在？我愿意保持神秘主义的猜测：僭越鸟类的特权，飞鱼乐于享受激动人心的间谍

为了捍卫美的尊严，它们才孤独，像深海
的鱼鳞，密林中的豹纹，内心的善。

斑
纹

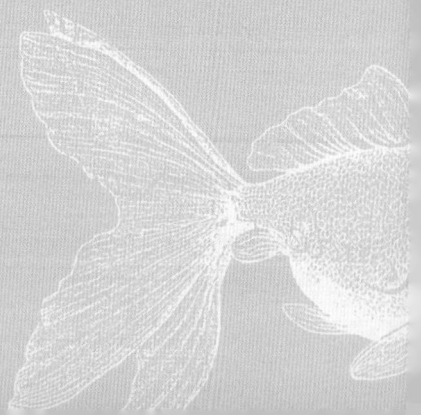

生涯。

　　大海是生命的盐水，又是不待挖掘就随时可用的
坟墓。

——惠特曼

　　1.5　《鱼》是我在杂志上翻看到的。写诗的人叫韦白，他
开始学物理，后来成了医学硕士。杂志的分栏限制，使我怀疑
它是否破坏了原诗的折行效果。诗，像鱼身的鳞片那样优美地
排布——每个词都是一个鳞片，鳞片上有记录风雨的生长轮。
我不知道一首诗是不是还鲜活，当丢失了鱼鳞排列的长短次序。
我干脆变本加厉，把《鱼》篡改为散文形式抄写如下：

　　"从背部把它切开时，还看得见它肌肉的颤动。它的内脏已
乱成一团。它的肠子，像松散的发条绕在一起。一层薄膜，像
漆黑的苔藓攀附于骨刺。血也是红的，正从看不见的血管里涌
出。我们反复冲洗，直到它的眼珠完全变硬，乃至突出。

　　"晒干之后，鱼儿只剩下薄薄的一片，微黄、不再富于弹性
且不易弯折。它像我们希望的那样浓缩、干燥、津津有味。挖

出了腮的部位穿上了细线，以便于悬挂。它眼中最后的一丝光线也已溜走。它的鳞片（从前可以借助它在水中神秘地一闪）早已脱落。它最后一次回到水里，是在炉火之上，它干燥的身体再度丰厚，散发着气泡。一些甜滋滋的小分子，很快被熬成了汤，被我们紧紧围住、品尝。

"它的主要零件还在：锥形的额头，抿紧的下颌，一根贯穿全身的刺（类似于一长串倔强的箭头），两颗变白了的硬邦邦的眼珠。被掠走的是它最软的部分。我们打着饱嗝，不知该如何离开，总感觉，身体的某个部分被什么卡住了，疼痛不已。"

II 鲸

从甲板上认识大海，瞬间，就认出它巨大的徘徊。

——多多《归来》

2.1　伏尔泰曾说："野蛮人完全不懂自杀是因为厌恶生活，这是有思想的人的一种文雅。"只有高级生物才可能产生自杀困惑，注重感受、精神之类的灵魂物质，容易导致怀疑。自杀，先于行动之前，是对死亡的充分意识。上帝列出一道数学题，答案既定，他要看的是孩子们的演算过程，如同生命是对死亡的等待过程一样——所谓等待，不过是自愿或被迫消磨的时光。享受生命的人难以克服对死亡的本能恐惧，而我们之中最脆弱的和最坚强的，才能自己决定时针的最后走向。

脆弱者和坚强者的自杀存在本质区别，一种是对压力的屈从，一种是反抗，而我们常常蓄意混同两者，并以前者遮蔽后者。人类对习惯上"自然死亡"的接受和对自杀的一概否定，既有对生存勇气的鼓励，也有对死亡的怯懦掩饰。我们看到，所有宗教都反对自杀，它们威严地警告：自杀者永远不被允许登上天堂的台阶。因为宗教的最高位置，坐着神，而生死及其过程都由神全权裁定，自杀行为是抗旨不遵，是对神的忤逆。天堂像幼儿园，只接纳顺从的孩子。

沙滩上搁浅着巨鲸，像一座突然降临的教堂，带来昏冥中的光、固执的关于死的信仰。即使鲸鱼受到救护，涨潮时在人工辅助下重回大海，也不能阻止它赴死的意志，获救的鲸常常再度游回。巨人离去总会给世界带来震撼，何况，它采取这样决绝的方式。只有鲸，具有与人类相似的自杀行为。鲸是地球上，有史以来最庞大的动物，陆地上体形最大的象只够站在蓝鲸的舌头上，而恐龙也只是鲸几分之一的体重。鲸在自然界占有绝对优势，是当然的强者。它的自杀呈现出的恰恰不是胆怯，而是力量。

如果在死去的鲸体内能够找到龙涎香，将会给人们带来意外惊喜。龙涎香是蜡状的物质，有点儿像琥珀，一般由老年抹香鲸体内分泌出来，可能是为了裹住不能消化的乌贼硬喙。龙涎香之神秘在于，这种原本带有臭气的东西，却能在后来的燃烧中产生奇异而持久的香气，所以曾被用来制造香水，价格像黄金一样昂贵。对这个世界提供的食物的不良消化，形成病理性结石被保留下来——龙涎香的形成，就像完美主义者的抵抗，就像一种病变的哲学，就像自杀者沉默中引而不发的愤怒——它们都有着让人不适的刺激性气味，我们对此抱有本能的敌意，却又无法摆脱地迷恋着，那些由于内心不可更改的理想而散发出的火焰中的异香。

……洗得干净的桌布，摆在饥饿与饱食之间……

风吹动，连绵的褶皱。

2.2　被蓄意隐藏的力量不经意地流露出来，海轻易托举重过数百吨的庞然大物浮出水面，甚至让它像个轻盈的舞者那样上升。

海水将它喂养。寒冷和盐，每天都浸泡着鲸光滑的革质皮肤，浪向它深藏的巨大心脏涌动，传达某种深邃伟大的教育。

苏联作家雷特海乌在《鲸群离去》中记述了永久冻土带的传说：鲸和人类有着共同的祖先，是人类在海浪中的兄弟。由于无知和贪婪，人类背叛亲情和恩情杀死了鲸；第二天，当男人们带着磨得雪亮的刀子去分割鲸鱼，却看到："取代鲸鱼的是躺着的一个人，他已经死亡，海浪拨弄着他黑色的头发。"

但捕鲸业的确带来巨大的商业利润。在没有石油和塑料的年代，鲸为无数日用品提供珍贵的原料。鲸肉可食用，鲸油可用来生产蜡烛和肥皂，鲸须用于制作刷子、齿梳、伞骨，以及妇女束腹的支架——最庞大的胸怀打造最玲珑的身段。

为了在光滑的鲸背上站稳，切割鲸体的水手需要在鞋底套上尖锐的钉刺。

III 歌喉

3.1 塞壬有着翅膀和少女的面孔，当船只驶过，她们歌唱……即使水手的尸骨成堆，她们依然需要崭新的死亡。奥德修斯受到女神喀耳刻的叮嘱，用蜡封住了同伴的耳朵，他自己则被捆绑在桅杆上——因为那致命的歌喉，似乎包含了全部的幸福许诺，远远超过人类即使是英雄的抵抗意志。

极致的东西一定带着点残酷。17 世纪的意大利，人们通过阉割来获取"介于颤音和飘音"之间的玄妙嗓音。一种原始方法是把男孩浸泡在冰水中，以便控制出血并用按摩石揉搓他们的睾丸，然后实施手术。幸存下来的孩童可能会发胖，声音高亢；最幸运者像著名歌手法里内利，可以一分多钟不换气地唱出咏叹调。我们在电影《绝代妖姬》里，欣赏到了这种尖细、缥缈而无限拖长的声音——今天只能通过技术手段来完成，它是混合男声、女声和童声，最后由电脑制作出来的非人间的天籁。我们看到观众如何在歌声中晕眩、虚脱乃至昏厥……这极品的声音，催生无数女人的情欲，虽然作为阉人的歌者无法完成欢爱过程，他的兄弟得以坐享其成。阉伶的一切能量都将仅仅服务于一条停止发育的声带，如同修女禁欲以使自己完整奉献给独占欲浓厚的上帝。

影像带来直接刺激，再美的东西一旦呈现也会水落石出；而声音，因为没有空间的占据反而唤起一种微妙的饥饿感。一个陌生女人的电话有时带着某种蛊惑，仿佛隔了听筒的掩护，她在你耳边低语……你仅凭借她的音质，小小的停顿和喘息，假想嘴唇、脸庞、妖娆线条里的无限风情。

在荒凉无垠的大海上听到歌唱，其实和在黑暗中倾听相似：一切背景都被简化，都退后了，只剩下声音，银子般纯粹而明亮的声音。像黑暗中透出微小而闪烁的光，必将引领盲人般摸索的我们；海妖的歌喉，仿佛隐喻着另一个神秘世界的存在。除了信仰的教育，其实人从本能上很难相信像天空或海洋那样茫无际涯的地方只居住着虚无——虚无，只需要住进一只老年豹半睡半梦的眼睛就已足够。

塞壬的声音必然产生致幻效果。笨拙的儒艮曾被想象成美人鱼，甚至有水手作证，说亲见美人鱼的剪影浮升于月夜的海上，看到她用多刺的骨螺梳理长及脚踝的秀发。因为大海过于空阔，可以有无限的可能——这是一种因过度贫乏而刺激起的斑斓想象。引入迷津的歌声啊，只要被水手听到，就无法控制触礁的舵向……塞壬的胜利不在美貌，甚至也不在歌喉，只是因为，她富有魔法地调动了我们的想象。我们再强大，也无法战胜自身想象力的诱引。

　　海，如同马戏团左右摇摆的晃板，上面坐落着世界危险的体重。

　　3.2　"王子问她是谁，是怎么来到这里的，她却只能用她那深蓝的眼睛温柔而悲伤地看着他。因为你们知道，她不会讲话了。然后，他牵着她的手，把她带进宫里。她每走一步，都像女巫事前告诉她的那样，好似踩在尖钉和利刃上一样，但是这些她都乐于接受。"

　　小人鱼步步走在刀刃上，但这种疼痛始终不被诉说，使不知情的王子得以一直享用他的幸福。可能人和神的区分就在这里，我们永远无法像神那样忘我无私而又毫无噪音地爱着，并牺牲。

　　神住在秘密的我们不能往来的地址。我们习惯想象华丽的宫殿和锦榻，想象神的帝王生涯，拒绝另一种更符合逻辑的假设。夜晚来临，当我们被睡眠和美梦抚慰，天上却是黑暗的路。星空，布满尖端向上的图钉——神是否为护佑我们的幸福默默隐忍着小人鱼般的痛苦？

这时候我们发现，神和天堂的内容产生了某种对立。如果我们把天堂设想为完美乐团，神不必劳作，他无所事事或者只需终日享乐，那只能体现在牺牲里的伟大神性便无从彰显；如果我们把神设想为崇高，就需要相应的苦难背景，就必须放弃对天堂的华美幻觉。

一个证明：世间的王珠光宝气，而神子，头戴荆棘的冠，身上是粗糙的麻。

3.3 海边，一个内部招待所，房价和餐费都很便宜。海风吹拂的凉爽之夜，我们坐在阳台上浅浅喝着葡萄酒，怡然自得。稍感遗憾的是这里的服务员，似乎为了蓄意与当地的私人小旅馆有所区别，她们的态度带了一点点微妙的冷淡，动作带了一点点微妙的拖延。

住了一个星期以后，服务员小魏跟我们谈起她在北京的舅舅。小魏准备过了这个夏天就去投奔亲戚，在天安门旁边的宾馆工作，离开这个满是鱼腥的海边小城——旅游淡季，街上走的人全认识，没意思透了。小魏姑娘平常总是微收下颌，眼皮努力向上抬，这样可以使她的眼睛显得比实际大上几分。

有意思的是，我们曾经怀疑她是否聋哑。几天时间里小魏姑娘出入我们的房间，送水、换床单、吸尘、擦玻璃，她一言不发。当我们有所要求，她也是沉默着送来毛巾和水杯。后来熟悉了，我们才明白原因，这个立志离开家乡、自尊心极强的姑娘，仅仅因为自己黄暗的牙齿和难以克服的口音，自卑而倔强地，抿紧她的嘴唇。

IV 贝壳

4.1 "我爱的是他不为人知的部分。"说这话的时候，她眼里闪烁着柔润的光泽。走在早晨五点的海边，太阳还没有出来，光线清晰，带点儿鼠灰色的清冷，我们不断弯腰捡拾着贝壳——潮汐慷慨的馈赠。夏天和沙滩，使女性不同寻常的裸露面积得到合理的解释，我看到我的朋友优雅诱人的脊背。前不久她陷入情网，这使本来几个女性结伴而行的旅途中始终跟从着一个隐形的男人——她的手机从清晨到深夜间隔性地响起，她声音甜美地回应着。坦率说，除了恭喜和轻微的妒意之外，她也有点儿扫了大家的兴。一个人过分的幸福是不应在群体中展览和夸耀的，因为，它伤害到应被保持的平静的秩序。"我不喜欢男人的手太光滑。他有手茧，抚摸起来特别舒服。"爱情中的女人抱拥双臂，以自言自语的音量继续说。另一个女伴调侃了一句，然后看着我，无声而会意地笑。沙子在细腻中保持着微妙的粗糙，这种摩擦力使光裸的脚更感舒适，也使我的朋友增添想念。

贝壳纪念品，来自死者的礼物。虽然纪念用品商店摆满各种工艺品——浓郁的海滨特色，大小不一、种类不同的螺壳和贝壳被强力胶粘合在一起，加工成小鸟造型；螺壳穿缀成项链，价格便宜，常常是母亲买给那些懂得虚荣、不懂得审美的小姑娘；摆摊小贩叫卖更低的价格，货色差不多，都是让贝壳成为其他动物的一个零件——但是，我们还是喜欢自己在漫游中有所发现。

浪以及它所携带的泡沫、挣扎的小鱼、破损的贝壳，一次，又一次，涌上沙滩……让人猜测，海不过是一副消化不良的因酗酒而呕吐的肠胃。横行的小螃蟹在我们走近时迅速躲闪进沙穴。礁岩间的潮池里游着小鱼，它们是被大海暂时寄养在这里的。一团一团的褐藻。竹蛏破损的空鞘，看起来像一把陈旧发黄的剃刀。浮木。玻璃片和梳子。我们沿沙滩走了很长时间，手里提着拣选到的宝贝——钟螺，钉子般尖利纤长的锥螺，豆蛤，月白色的扇贝，具有几何图案美感的芋螺，海星。我们意外地收获了一个漂亮得令人惊讶的沙钱，上面技艺精湛地绘制着一朵花——我的女伴毫不犹豫地把它单独保留起来，作为送给情人的礼物。

　　一张地图，陆地就像一只边缘因破损而不规则的
杯碗盛起海水，在密布的裂缝上，我们看到河流。

　　4.2　贝壳的色彩、形状和花纹变化丰富，出自大海精湛的设计。回声一样荡漾开的优美纹路。旋梯般上升的结构。碟形蕈珊瑚纸效果的折页。放在掌心的海胆壳，或是一枚小巧的轮螺，会使观察者的视线很快迷失，在辐射状的图案或者一根似

乎无限延伸的曲线里。

除了纯粹的收藏品，贝类进入人类的生活还有更多方式。钱币。拱形壁饰及其他众多欧洲风格的建筑作品对贝纹和螺纹的抄袭。提取染料。制作纽扣。女人的贝雕胸针或吊坠。庞大的砗磲外壳可以用作澡盆，甚至有人把它磨成伐木的斧子。号角。蛙螺曾被有些地区的居民制成油灯，这让我产生遐想：夜晚，当仙女无声穿越海底的宫殿，手中托举的，正是这样美妙的灯盏。

4.3　它是由柔软酝酿的坚硬，由痛苦赐予的财富。早在七八百年前，中国人发明了一种养珠技术。他们把黏土做成的小佛像植入蚌的内部，一年以后，佛像表层就会覆上一层光润的珍珠层。这种佛像珠是用来做护身符的。漫长磨砺，对苦难的沉默与包容，最后的奉献……其实，蚌的一生，远比它提供的佛像珠更具有宗教意味。

佩戴佛像珠的人习焉不察地违背了信仰，因为，正是他们的需要使蚌蒙难。一个残酷的法则：我们将从他人的灾难里得到保佑，以及其他秘密的好处。就像公元 1 世纪，传播福音的圣巴泰勒米，被阿斯帝亚热国王下令活活剥皮殉难。荒诞的是，这一殉难，使其成为肉店老板、皮革商人以及其他与皮和皮革加工、制作有关行业从事者的主保圣人。

喂养醉鬼的大酒桶，浪是时常溅出的酒浆。

4.4　童年时我有一枚珍爱的宝螺，在获得它的最初日子里，我从不离手。我喜欢它天然的蜡质光亮、壳体错落有致的斑点、底部裂隙两侧梳齿一样的对称。一个黄昏，当我准备到院子里去玩，我在楼道里遇到一个邻居。他快三十岁了，脑门上的青春痘还不合时宜地保留着。他一直没有结婚，隔一段时间就衣着光鲜整洁、头发上抹着蜡油——连小孩子都知道他又去相亲了。他指着我手里的宝螺问："拿的什么呀？"他眯着眼睛，在残余的夕照里把宝螺翻过来调过去地看了看，诡谲地笑。"丫头，你看这像什么？好好想想，我说的可不是嘴。"他的嘴散发出饭后鱼腥和龋齿造成的口臭，我不由得向后躲闪。

作为一个性别意识苏醒得非常缓慢的女性，很多年之后，我才明白他不怀好意的暗示。

4.5　适应了孤独而缓慢的内心生活，一只老年的珠母贝，依旧抱牢自己的珠宝。蚌与生俱来随身携带棺椁——现在它知道自己即将死去，漫长的准备终于派上用场。

义无反顾地合拢对称的壳，那最坚硬的舞台上落下最坚硬的帷幕……珠母贝沉入水底，带着蕴藏的珠粒。珠饰被隐藏一生，这亡者的骄傲，这光芒，渐渐被泥沙包裹。除非是镶嵌在死神的戒指上，否则，它的珍珠不献给任何人。它选择一个处女的爱情理想，一个寡妇的禁欲生活。

是的，关闭，贝壳紧锁。继关闭秘密的身体花园之后，这是第二次，令人遗憾地结束。

V　水手

5.1　《百年孤独》中的霍·阿·布恩蒂亚，为了使马孔多和那些伟大发明连接起来，带领村民带上铁锹、锄头和狩猎武器，背囊里装着定向仪和地图，他们踏山渡水，艰难地穿越重重密林。后来霍·阿·布恩蒂亚感到自己受到狡狯命运的捉弄。他曾千辛万苦地寻找大海，却以失败告终；现在，它却成为不可克服的障碍阻挡在面前。霍·阿·布恩蒂亚望着混浊不堪、翻卷泡沫而又苍茫无边的海水，恼怒地宣告："咱们再也去不了任何地方啦！咱们会在这儿活活烂掉，享受不到科学的好处了。"

海，对于文明始终意义双重。直到 13 世纪，世界各地的文明依然处于割据与封闭状态，当时的船只受航行能力的限制，无法逾越海洋的天然屏障。哥伦布，达伽马，麦哲伦，塔斯曼，丹皮尔，安森，沃斯利，布干维尔，库克，拉帕鲁兹，杜尔维……这些在历史中留下签名的非凡航海家、勇敢无畏的探险者，在地图、罗盘和坚定的内心意志指引下，一次次，展开浪涛中的风帆，探索辽阔海域，找寻陌生的大陆和岛屿。冰山，恶劣气候，坏血病，食物和水源的匮乏，航海仪器的简陋，土著居民嗜血的矛枪……但什么也不能阻挠被大海打开的视野和雄心。

新航道被开辟出来，海洋贸易日益繁荣，源源不断地运输着香料、茶叶、黄金和奴隶……

所有墨水和颜料的主剂是海水。

——谢默斯·希尼

5.2　罗伯特·福钧凝视着用特殊玻璃制成的便携式保温箱，作为一名植物采集家，他正秘密地参与到一桩改动历史的偷窃中。幼嫩的绿意悄悄萌生，在这艘开往东印度的轮船上，茶树种子奇迹般在航海过程中发芽了。英国原本是从中国输入茶叶，现在，茶种的成功偷运使生产成为可能。东印度殖民统治的经济集团，不久就培育出十万株以上的茶苗，形成了大规模茶园。

中国是种茶、制茶和饮茶最早的国家。传说早在神农时代，中国人就开始以茶作为饮料。《尔雅》对茶树栽培已有记载。茶的栽植约于6世纪末随中国文化传播到日本。直到17世纪，中国的茶叶才陆续流传到欧美国家。世界上约有一半人喝茶，只是大部分茶叶在原产地就被消耗了。日本神话说，一位高僧面壁沉思九年，有一次在沉思中入睡，醒来后恼恨自己，便割下眼睑扔到地上。眼睑生根长成茶树，叶子经过热水浸泡，饮用后可扫除睡意。在东方，茶始终与修行、清醒、智慧相关。据说，英国查理二世的王后凯瑟琳出嫁时从东印度公司购买了一百公斤中国红茶带入王宫，把喝茶当作一种宫廷乐趣。不久，朝臣、贵族和社会名流纷纷效仿，视为一种时髦。后来茶叶在咖啡馆里开始供应，但价格昂贵，并且是作为一道冷菜嚼着吃。后来，英国的"下午茶"传统一直沿用，这在任何其他国家都没有。讲究礼仪的英国绅士认为，在小饭馆或快餐店一边吃饭一边喝茶是不文雅的，吃饭时不应喝茶。中国人喜欢纯喝茶，而英国人喜欢加奶，或者在清茶里加柠檬汁。北非的摩洛哥、突尼斯等国把新鲜的薄荷叶子放在茶里。印度有人乐于享用加入生姜或小豆的马萨拉茶。

在我看来，茶的消耗、传播及其过程中的种种细节，无不逼真地展示着文化在流通中必然遭遇的损失、修改以及顽强的本土化结合与再生。

天空……一望无际、取之不竭的大海，这些星星生活在大海之中，就像是数不清的鱼群。

——叶赛宁

5.3　海代表无限的可能性、无数的方向、不确定的道路；或者，这是一条过于宽阔的路——水手一生在路上，如果没有抵达自由，至少通往了自由的门槛：孤独。

单调、孤独和隔离，使水手失去参照系。船在移动，但伫立在甲板上的水手，他的第一个黎明和第十个黎明没有景致的区别……他好像被围困在一个绝望的圆心上，永远无法缩短与世间的半径。大海的丰富性似乎在重复里被削减。因此，水手比陆地上的人更需要清醒，每时每刻都要对自己所处的时间和位置做出准确判断，否则永远无法离开大海。

他记忆着日出日落，识别每个星座——我们生活在人群中，而水手，在浩渺的宇宙之中。

5.4　夕阳映照着孩子建造的沙上城堡……易逝的宫殿，终将被潮水摧毁。地理状况的两极：沙漠和海洋，在孩子手中盟结更为近切的联系。其实，海，在这柔软的、浩大的、随时可以下坠的陷阱底层，同样铺设着沙泥——多少迷途的水手和渔夫，枕在上面，在不流动的暗蓝色宁静里，永远进入睡眠。

我们知道，干燥沙漠地带的沙通常都是岩石风化后的产物，不过有些沙漠的沙粒，却是几百万年前由海水的侵蚀和冲击形成的。用来建筑埃及金字塔和狮身人面像的砂岩中，就包含了几亿个微细的贝壳化石。沙漠铺陈，并缓慢扩大着面积，我猜想它来自一个规模宏伟的沙漏……从天堂，从神的指缝，继续落着淹没我们的无声沙粒。古代人类把这种偷来的精巧设计放在室内，用以计数时间，唯一不同的，是他们可以把沙漏倒置过来，让底层的沙子成最顶端的、最后落下的，循环往复，直到无穷——这里面隐藏着对时间秩序的怀疑，也埋伏着对神的谋反意念。消逝的万千事物凝聚在小小沙粒里，金字塔砂岩中的有些贝壳种类仅仅以化石存在，不会在海水的浸润下再次开始呼吸。一滴海水里有海的现在，一粒沙子里有海的过去——或者说，一粒沙就是一滴海水的化石。

考古学家从化石中辨识那些古老的藤壶、苔藓虫、鲨鱼牙齿和艾杜拉鱼，试图破译这些大海留下的最早箴言。我曾被海百合化石的美深深震撼：从容，平静，优雅，狂风和巨浪都不能将它们的花瓣吹打。化石表面上意味着死亡，其实正是对死亡的抗拒，它们以另一种方式进入永生。

　　而遥远的、不可企及的海平线，正在晨曦中显现光亮。